花千樹

當值背後

一個公院內科醫生與
Night Food離離合合的故事

Dr. Who

目錄

1719

Chapter 1

醫生，佢 PRO 呀！

1816

Chapter 2

醫生，佢 gasping 呀！

1844

Chapter 3

醫生，佢 desat 呀！

2223

Chapter 4

醫生，佢 fall 呀！

又出書了。

其實自從醫學院畢業之後，我已經萌生過好幾次不再寫專頁的念頭。有一次是當我發現在實習之後便要面對七年的專科訓練，好像也應該要修心養性、好好讀書；有一次則是發覺自己原來不是倪匡，才寫了短短幾年、區區十幾萬字便已經比枯井還要乾涸。曾經聽講過，以前真的還要「爬格仔」的作家們不是日寫萬字的話幾乎不能維生，看來我真的不能靠一支筆搵食。既然胸無點墨，不如不寫，誰知道在每一次剛剛想「退休」時，天公都為我帶來新的機會。本以為上一次出書已經是我「文學事業」的巔峰，編輯大人卻在事隔兩年之後再找我出書。

編輯大人很盡責，每次到書店「巡視業務」見到《醫囑背後》，又或者見到《醫囑背後》在某連鎖書店的排行榜載浮載沉時，她都會拍照給我看。有一次她難得拿了個假期去旅行，到了外地卻依然繼續遊覽書店，也因此我才知道自己的書已經被賣到東南亞去。編輯大人眼中看到的是半本暢銷書，但我看到的是一隻「小強」[1]。它生命力頑強，從來沒有大紅大紫，卻永遠在眾人的眼角邊纏繞不去，「死唔斷氣」，像極了我那文學事業。

多謝各位讀者願意繼續看我的文字，造就了我這本「背後系列」的第二隻「小強」。多謝編輯大人，勇氣可嘉，再找我出書；也多謝總編大人，簡直就是獨具慧眼。

我本身是一個很無聊的人，很愛寫一堆無聊的故事，但在出版時卻不希望寫一本無聊的書。這本書的目的和上一本一樣，都是希望讓大家發覺醫生也不一定離地。

誠然，能夠入讀醫學院的人不少都是名門之後，有甚麼教授的兒子，又有甚麼達官貴人的女兒。有些人從出世開始坐飛機便沒有坐過經濟客艙，吃米芝蓮星級餐廳和我去吃譚仔一般平常……對，這些人都存在，但如果你再仔細望一望，你依然能夠見到一堆平民出身的醫生護士們。

我們讀書時都是在瓊華、銅地逛街買東西，吃大餐的意思就是叫麥記十八件麥樂雞還要加大薯條，穿的可以是 Uniqlo 和 Reebok，坐飛機捨不得選國泰而是坐 UO[2]，辦公桌上放著的可以是剛剛「回鄉」[3]到日本時在秋葉原買的一堆動漫玩具。雖然我們幸運地入讀醫學院，讀到的醫書對一般人來說貌似艱澀難明，但脫下白袍時依然可以是揹著環保袋的大叔、穿著卡通 T 恤的少男、拿著熒光棒追看韓國男團會失禁尖叫的少女。

醫生們的大腦並不一定特別大，也不一定特別發達，醫學也不一定是只可遠觀的一門科學。我寫了一堆無聊的故事，穿插著一點醫學的知識，就是希望大家笑過、無聊過後，還會認識到多一點在醫院發生的事，知道如何在醫院裏面對自己、面對家人、面對醫生。

Dr. Who
2024 年 6 月

1　蟑螂。
2　香港快運航空（Hong Kong Express），香港廉價航空公司。
3　香港人很愛到日本旅行，愛得戲稱自己去日本就似人家「回鄉下」。

專科分支

每一個專科都有自己的生活節奏。

因為外科、骨科、婦產科之類的專科經常要進出手術室，著重手上的功夫，我們便經常將它們形容為外科路線（surgical stream）的專科。他們每天要根據病人情況的緩急輕重去為病人排期作大小手術，更有可能在突發情況下為病人做緊急手術，也就是我們一般形容的「開 EOT」（emergency operation）。

走內科路線（medical stream）的兒科、內科等專科較少走進手術室，相對「文靜」一點，活躍的範圍不是在病房就是在門診。我們雖然不做手術，但突發和緊急的情況依然不少。

一般人選擇自己的職業時都會考慮自己的興趣和擅長的技能，有人甚至會用近期流行的十六型人格去為自己的未來作出抉擇。

記得讀中學的時候去外地交流，同行的中學師弟在飛機上拿出機場的平面圖，又拿著甚麼衛星定位裝置，詳細地記錄了我們走的每一條跑道、每一個坐標。後來，我發現原來這位師弟也很愛在假

期的時候拿著相機跑到機場附近影飛機。最後，這個「飛機膠」當然成為了飛機師。

有個和我一樣愛做劇場的朋友，她雖然大學畢業後沒有加入劇界，卻加入了製作公司為不同機構做演出和展覽，工作其實也大同小異。

在讀醫學院的時候曾經見過一張網上截圖，圖中用畫鬼腳的方式幫一眾醫學生選擇自己的專科，占卜未來。想要私人執業的一邊，想有機會賺多點錢的另一邊，不愛病人卻愛微生物的又一邊，大都是行內流傳已久的笑話。這張截圖雖然無聊，但其實現實中醫生選專科的過程和大家找工作也是一模一樣，要考慮際遇，也要考慮興趣。

要到婦產科的通常都很喜歡嬰兒出世時那種充滿奇蹟的感覺，部門裏面不分男女，都是充滿母愛的一群。在婦產科實習的時候，高級醫生很自豪地跟我們說，婦產科是唯一服務對象並不一定是病人的專科，也唯獨它是「一個走進來，兩個走出去」。

醫院裏面另一個充滿母愛的部門叫兒科。嬰兒離開母親的一刻，就是從婦產科歸到兒科旗下的一刻。兒科醫生們巡房時都會叫自己的病人做「阿仔阿女」，即使那位醫生只不過是廿多歲的妙齡少女，而「阿仔」病人卻已經 16 歲。有一次我去參與一個醫院訓練，導師當中有一個來自兒科的醫生。學生平常上課時答錯問題，教授一般都直截了當地說：「錯了，再答。」但兒科醫生卻會說：「你做咩咁傻豬呀？」

　　兒科照顧的病人不是大吵大鬧、大喊大叫的小孩，便是青春期、反叛期的青少年，所以兒科醫生一定要有耐性，更要有在一片喧鬧當中都能夠令小孩乖乖合作可以問診、觸診的技巧，甚至要能夠聽到被哭聲掩蓋著的呼吸聲、心跳聲。要進兒科也一定要有童真，畢竟它是唯一在聖誕節時可以穿著奇裝異服在病房開派對的部門。部門主管甚至可以扮聖誕老人派禮物，而且又不會被傳染控制部同事追斬至天涯海角。

　　我有一個特別著迷骨科的同學。我問他喜愛的原因，他一臉興奮、雙眼發光地說：「大刀闊斧，正呀！」骨科全名「骨科及創傷科」，做的手術經常涉及換骹、落釘之類，當有甚麼交通意外發生，出現又是斷肢又是骨折的病人時，便是我這位骨科同學出場的時候，絕不是「微創」。讀書時我曾經走進手術室，穿著全身無菌保護衣跟著骨科醫生「上枱」為病人換膝關節。醫生們拿著水泥般的黏著劑、金屬造的人工關節又鑽又捽，我則負責抬著病人的腿轉左轉右，在旁人眼裏我們大概就是一班穿著「漁農署殺雞裝」的裝修師傅。

　　當然，在醫院裏愛做手術的人，除了骨科醫生，還有外科醫生。

　　問過幾個做外科的同事為甚麼會選外科，大部分人的答案都不外乎兩大類。一、愛做一些立竿見影的事情。盲腸切了便是切了，要好要壞也就那幾天見真章，斷不會像內科醫病一般，動不動要醫幾年，糖尿、膽固醇一類的慢性疾病更是從來不會斷尾。二、不喜歡內科那種要思前想後、想東想西的習慣。切就是切，不切就是不切，不要婆婆媽媽。

而且，愛做手術的人大多會對「美」有一種執著。這個「美」不是説美貌，而是對手術流暢度、傷口癒合的一種執著。我見過一個外科顧問醫生因為一個做得不好的膽管鏡而不高興，也見過一個外科駐院醫生因為縫線時不夠熟練而被罵。印象更深刻的一次是去觀摩一個乳房重建手術，主刀的醫生教我們用肚臍、乳頭、腋窩的位置，用數學去計算如何重建出一對美麗的乳房。

　　要説「愛美」的人，我也有同學已經離開了醫管局，投身醫學美容的世界。

　　醫美並不算是香港醫學專科學院的一個專科，在醫管局之內也沒有相應的訓練。要入行，首先要學懂一些例如打針、縫線之類的簡單醫學程序，之後再到私人機構繼續訓練。雖然沒有專科考試，但他們也要取得醫美相關的文憑才能工作。打針、縫線我也會，但美感這回事才是這個行業的真功夫。要是毫無美感的我拿起兩支針幫你打，即使安全，但打完大概只會比原來的醜，秋香姐也變成石榴姐。

　　不説其他專科，就算是在內科部門之內，不同分支的醫生也會有不同的性格。有一些急一點、分秒必爭一點的分支，相對接近外科，我們也會形容這些分科 surgical 一點。相反，如果有些分科看的病通常都是慢性的、可以慢慢處理的，我們便會形容這些部門比較 medical。

　　要是當上內科醫生的你依然喜歡做手術、做內窺鏡之類的手上功夫，可以考慮經常要做腸鏡、胃鏡的腸胃科（gastroenterology），也可以選擇負責通波仔、安裝起搏器之類的心臟科（cardiology），這兩個部門也是內科分支裏面最多緊急事情的地方。

　　萬一有急性心臟病發的病人在急症室被發現心律不正甚至心跳停頓，同事需要馬上為病人打強心藥、接駁上心臟起搏器，連人帶床將病人「飛」入手術室作緊急通波仔。移動時，無數喉管有如颱風下的柳枝一樣在床的四角飄逸，而在大概一米寬的床上，除了病人之外，還會有一位心臟科醫生，雙膝跪坐在病人兩邊腋下，雙腿夾著病人的身軀，雙手在病人的胸腔上施著心外壓。奇蹟的是心臟科醫生並沒有被時速一百二十的病床和醫院裏面的髮夾彎甩下床，依然穩定地按壓著病人的心臟、指揮著護士們下藥，希望病人能撐到手術室，讓他再施行下一個奇蹟。

　　當年正在實習的我便曾經目擊過一個類似的病人，他就這樣從急症室被「飛」進了手術室做我們俗稱「通波仔」的冠狀動脈介入治療術。冠狀動脈（coronary artery）是人體內負責為心臟供應帶氧血液的血管，每個人都有三大條，而那個病人的冠狀動脈是三條全塞。在心臟科醫生嘗試通那幾條血管的時候，病人的血壓愈來愈低，最後心臟還停止跳動了。本來在一旁只負責觀摩的我立刻跳到手術枱旁開始心外壓，心臟科醫生就在我每一下按壓、每一次泵氣中間那些微的空隙時間繼續努力去通那幾條可惡的血管。

　　這些事情時有發生，非常刺激，久不久一次可以算是觀摩，但也不是個個醫生也受得了每隔一會兒便迎來一個如此的急症。

如果你不喜歡這種激情的生活而傾向文靜、文青路線，內科依然有一些相對不用衝鋒陷陣的選擇。

我聽過自己部門的一個高級醫生分享，他說自己偏好和病人好好坐在門診裏，慢慢傾談、慢慢了解、慢慢調校藥物分量，所以便選擇了加入負責糖尿病、甲狀腺異常等問題的內分泌科（endocrinology）。雖然這些病都可以出現緊急併發症，但機率小很多。

有幾次我在糖尿科專科門診遇上要輪班、生活日夜顛倒的病人，有保安員，有的士司機，最特別的一次是遇上迪士尼的維修員工。原來奇妙樂園的背後就是靠在遊客都離開了之後半夜三更才上班的工程師和維修人員去保養。最後，那次見面好像談迪士尼比談糖尿病多。要輪班但又患有糖尿病的病人，通常血糖控制都比較差，因為他們每天的作息時間都很浮動，又經常要外出吃飯，注射胰島素的時間便要變來變去。當了幾年醫生，我現在學懂了如何在紙上畫出這些人每天的時間表，再為他們度身設計每天打針的時間表。我學懂這樣做、這樣「校針」，全因為第一年看門診的時候，有一位顧問醫生在門診為我親身示範。後來看著這些病人的 HbA1c[4] 慢慢降下來，心裏面都是暗暗歡喜，也暗暗多謝那位醫生的教導。

除了病症快慢，每個專科的疾病所包攬的範圍也可以是一個醫生選擇專科時的考量。

4　糖化血紅素，是糖尿病的量度指標。

心臟科、胸肺科（respirology）、腎科（nephrology）這類專科專攻單一器官，對那一個器官的所有功能都瞭如指掌，也會對所有能夠影響這個器官的疾病有清晰了解。另一邊廂，血液科（haematology）、腫瘤科（oncology）、傳染病科（infectious disease）等專科，它們研究的疾病會走勻全身所有器官，並不局限於人體某一部分。

就以紅斑狼瘡（systemic lupus erythematosus）為例。

這個簡稱 SLE 的病由風濕科（rheumatology）負責，是一種自身免疫病，也就是自己身體的免疫系統不受控制而攻擊自己的疾病。免疫系統能夠到達的地方就是 SLE 能影響的組織，所以 SLE 的症狀可以遍滿全身上下，非常多變，症狀包括脫髮、生痱滋、起紅疹、關節痛、腎炎、流產、心包炎等，幾乎橫跨所有專科，所以在讀書時教授們經常都說「甚麼也可以是 SLE」。正因為 SLE 如此多變，主治紅斑狼瘡的雖然是風濕科醫生，但也經常要與婦產科、腎科、腦科等同事共同溝通和處理。要是你不喜歡千變萬化的疾病的話，這類專科便不適合你了。

畢業後度過了一年實習，走進內科也已經四年。考多了三個試，現在算是成功通過了我們稱之為基本內科訓練（basic physician training）的日子。出書之時，正正是我要選擇內科的一個分支去繼續深造的時候。如果我無風無浪、無驚無險地度過未來這段時間的高等內科訓練（higher physician training），四年後我便能夠稱自己做一個專科醫生了。

當值

　　除了個別分科有額外的手術時間之外，內科的工作範圍其實很簡單，就是巡房和門診，另外再加上大部分部門都需要做的、又稱為 on call 的通宵當值。On call 很有名，有名到被拍成一個電視劇系列，但當中是不是真的沒有時間睡覺？ On call 期間究竟有甚麼工作要做的呢？

　　假設你部門的上班時間是朝九晚五，今天五點後至第二天的九點便是當值時間。如果今天是週末或是公眾假期，大家都在下午一點收工，那麼從今天下午一點直至第二天九點都是當值時間。今天當值的同事完成當天的職務之後，在收工時間不放工，繼續工作，直至第二天同事上班為止。

　　第二天早上九點鐘來臨，當值時間完結，但日間工作時間又至，剛剛當完值的同事第二天仍然要繼續工作直至下午五點收工。從第一天的上午九時至第二天的下午五時便足足連續工作 32 小時。如果你因事早了開工、遲了放工，真真正正的「on call 36 小時」便不是夢。幸好的是，隨著人手慢慢改善，這類工時出現的機會開始減少。如果部門的人手充足更能夠提供「post call half day off」，也就是當值後那天只需要工作至中午便可以早點回家休息。有些地方甚至能夠做到「pre call half day off」，讓你在當值前先睡飽睡足。

每一間醫院、每一個部門的當值模式都不盡相同。有些如眼科、微生物科之類的醫生在當值期間甚至不需要長留在醫院，只需要在接到電話之後的一個可接受時間之內趕到醫院就可以了。

香港的公立醫院都由醫院管理局管轄，被分為七個聯網。每一個聯網都有一間配有急症室服務的急症醫院，也就是所謂的「龍頭醫院」。

這些醫院匯集了最多、最齊全的專科，亦即是以前談過的第三級醫療 [5]。每天湧到急症室的人潮，由急症科醫生決定應該收入醫院再作處理，抑或可以直接領藥回家。如果病人的情況需要入院處理，該收歸到哪一個專科病房的「生殺」大權也是在急症室醫生的手上。孕婦見紅、肚痛、流血的收上婦產科，膽囊發炎、盲腸發炎的收上外科，斷骨斷肢的收上骨科，糖尿、中風、心臟病發的就自然是內科。

5　《醫囑背後》第七章〈甚麼專科〉。

病人來到醫院時總不會在額頭上鑿著自己患的病，所以如果急症科醫生對病人的症狀抱有懷疑，但又未能夠立即斷症，通常便會收歸至被形容為「最愛坐定定研究病徵」的內科去慢慢研究。於是，我們也常常會收來一堆麥兜故事裏面所謂的外感發冷、無名腫毒、腸胃不適、痾嘔肚痛、四時感冒、小便不暢、脂肪積聚、皮膚痕癢、精神緊張、健忘失眠、暗瘡頭皮、痱滋小腸氣、頭暈耳鳴、口乾舌燥、生蛇生癬、尿頻雞眼、胃酸過多、膽固醇過高、嘔奶鼻塞之類的病人。

　　急症醫院有掃描、有手術室、有實驗室，為入院的病人作出相應的檢查和治療。如果我們為病人安排的檢查驗出來發現是其他專科的範疇的話，更可以馬上召來其他專科的當值醫生來會診，一站式服務。病治好了的人可以出院，若需要時間繼續觀察、用藥、復康的話就會被轉送至復康醫院。

　　在急症醫院內科當值的醫生並不會只得一個，而是「有老有嫩」的一組醫生。他們每人各司其職，去維持內科部門所有病房在當值期間的運作。分工這回事，每一間醫院也有不同，但如果序齒排班的話，大概有以下這些崗位：

收症 (Admission Call)

當值期間,急症室收來幾多個新症,你便要去見幾多個病人,收四十個見四十個,收六十個見六十個。如果新收來的這班病人在入院後忽然情況變差,又或有甚麼化驗報告急需處理,統統都是由收症的醫生負責。

每晚的收症人數可以很浮動,有時候午夜後便會愈來愈少人,又有時候午夜後收來的才「夜繽紛」。公眾假期和週末開始時通常人較少,長假完結則特別多。打風落雨時雖然室外嘈吵非常,急症室和收症醫生的心卻經常可以靜如止水。總而言之,一切都非常取決於你的運氣,所以這份最大機會全晚眼光光無覺瞓的工作通常都會分發給剛入職的「新豬肉」。除了要他們累積經驗,大概也因為年輕力壯的他們才有體力擔任這個位置。

病房 (Ward Call)

雖然當值期間不用巡房,新收來的病人又有收症醫生負責,但如果本身已在病房裏面的病人有甚麼頭暈身㷫,當然要人處理。無論是有新的化驗報告急需跟進、有病人口吐白沫血壓急跌,又或者有叔叔凌晨三點忽然覺得自己身痕需要屙屎,這些統統便都交由 Ward Call 醫生跟進。在急症醫院,簡單的事情會由實習醫生處理,但如果情況太過緊急複雜,又或者你是在沒有實習醫生的復康醫院當值,那麼所有瑣碎事情便全都需要通知當值駐院醫生了。

心臟科 (CCU Call)

雖然每十個來急症室説自己心口痛的病人,可能有八個都不是真正的心臟病發或其他的急事,但那餘下的一兩個如果真的中招,便需要資歷高一點的醫生為病人斷症、做心臟超聲波、醫治,甚至通知當值的心臟專科醫生趕回醫院去緊急通波仔。CCU 即是 Coronary Care Unit,是心臟專科病房中的一個部分,住在裏面的人比一般心臟科病人更需要密切的監察和照顧,就似一個專攻心臟問題的深切治療部。在心臟專科病房裏面會發生的事情比一般病房複雜,各種各類的心律不正、心包積水等都不是初級醫生能夠處理的問題,所以內科部門通常都會設有 CCU Call,專門處理全醫院與心臟科相關的問題。

專科病房 (Specialty Call)

除了心臟專科病房之外,醫院內科部門裏還有其他專科病房。雖然這些病房的病人未必似心臟科一樣有可能要進手術室,但在那兒發生的事情同樣比普通內科病房複雜。呼吸科病房用著呼吸機的病人可能要醫生調校機器設定,血液科病房的病人打著幾隻抗生素也繼續發燒,在腎科病房洗著血的病人血壓驟跌……這些事情也需要更具資歷的醫生才能夠處理。

部門外的會診（External Consult）

在內科病房如果出現了例如斷骨、腸梗塞之類屬於其他專科的事情，我們可以找骨科、外科等各專科的當值醫生做緊急會診。如果在其他病房發生了內科的急事，負責 External Consult 的醫生便成為了接頭人。

當值專科醫生（Physician Call）

從 Admission Call 開始做起，逐個逐個角色向上爬，我們就叫做「升 call」。當你考取了專科資格成為一個專科醫生之後，便有機會「甩 call」，不再需要在當值期間留在醫院裏候召。雖然部門主管也要當值，但「甩了 call」之後只需要成為各自專科的當值醫生（physician）。如果醫院裏發生了與某專科相關的事情，而留在醫院的當值醫生們都未能處理，便需要致電找這些當值的 physician 尋求意見，甚至需要他們趕回醫院處理。

不同醫院的習俗、人手也不同。以上每一個角色可以各由一名醫生擔任，也可以由一名醫生處理幾個角色的問題，不同角色的名稱在不同醫院也可能有點不一樣，分工也有可能不盡相同。理論上，除了每晚一定有症收是一個千古永恆的定律之外，其他所有當值位置的忙碌程度就取決於你有多幸運。如果你當 Ward

Call 的時候，整個內科的住院病人都睡得好好的，大便又通暢，皮膚也不癢，你可能就可以一覺瞓天光；但如果你當 CCU Call 的時候，整個聯網的人一起心口痛，只要有兩三個病人需要當晚立刻通波仔，那麼你便已經注定徹夜無眠，而且也要接受被你召回來的 physician 那充滿怨恨的目光。

引子

「你是剛剛畢業吧？」

「嗯！」

　　每年的年頭都是本地兩間醫學院畢業試的時間，成功畢業的學生便在同一年的七月一日正式開工，當實習醫生[6]。為了幫助一班畢業生融入醫管局各大急症醫院的節奏，正式開工之前會有一段 pre-internship 的時間，讓他們實習一下實習醫生的工作。在這段期間，雖然他們不能夠正式落手工作，但會跟著醫生們一起上班下班，甚至會跟著實習醫生一起當值，熟習一下醫管局的電腦系統、醫院工作的流程、實習醫生的職務等。

「實習醫生請了病假，他今天晚上的工作便要由 MO[7] 分擔了。」

「知道！」

「那今天你便跟著我當值吧！」

　　醫生辦公室裏通常都放有幾部電腦，讓大家可以隨時跟進病房病人的情況。辦公室的四面白牆上佈滿污漬和膠紙漬，還有幾張被陽光曬得掉了顏色的藥廠月曆和海報。月曆上寫著 2014 年，看來

把海報貼上牆的醫生大概都已經升了 AC[8]，甚至已經離開了醫院。而電腦桌和辦公桌之間，則零零散散地放著同事們的手袋和背囊。要是你無聊伏在地上，在桌子的下面你大概會看到天下所有品牌、所有大小的鞋。醫生們需要在醫院裏的辦公室、病房、門診間走來走去，而且又要在病房這個佈滿屎尿血膿痰的地方工作，所以不少人都會在上班時穿上較為舒適又較為便宜的運動鞋、膠拖鞋，下班才換回自己的靚靚皮鞋、高踭鞋。

許多年下來，當然也有不少醫生已經忘記了自己曾經留下過一雙鞋。就幾個月前，辦公室大掃除，掃出了一堆封了塵、無人認領的衫褲鞋襪，裏面還混有一雙「飛甩雞毛」。後來，「飛甩雞毛」被我們部門的一個顧問醫生認領了，說是她許多年前換辦公室時留下的，原來那雙高踭鞋已經在枱底積了差不多十年的塵。

我打開電腦，本來打算看一看自己的病人有沒有新的化驗報告出了結果，碰巧看到收症病房的名單上出現了一個新的名字。牆上掛著的跳字鐘顯示著 17:05，當值的時間已經開始。我嘆了口氣，從衣櫃上取下一件醫生袍，拋給那個將要跟著我當值的學生。

「快點把咖啡喝完，要去收症了。」

6　House Officer（HO），又叫 Intern，即是實習醫生。

7　Medical Officer（MO），即是駐院醫生，但其實在現今體制中，我們的銜頭叫 Resident。

8　Associate Consultant（AC），即是副顧問醫生。當 MO 成為了專科醫生後，便有機會晉升 AC。話說回來，某電視劇會叫顧問醫生（Consultant）做 CON，但我在醫院好像從來未聽過這樣的叫法。

1 7 1 9

醫生，佢 PRO 呀！

　　病房爆滿已經不是第一天的事情。除了長假期前後會「好景」一點，病房每天只會有「爆」和「好爆」的分別。

　　今天大概是屬於「好爆」的一天。

　　病床中間的走道都已經加了幾張輪床，一路向病房的大門延伸，我和學生嘗試走進病房時，自動門差點便被門口旁邊的床位卡住了。學生狼狠地深呼吸、收起肚子，嘗試從床與床中間的罅隙走過去，我看著笑了一笑：「你很快就會習慣了，歡迎來到內科病房。」

Who's Hospital	Case No: WHO20191034(8)
Accident & Emergency Department Clinical Assessment Form	Name: LEUNG ██████ ██████
	Sex / Age: M / 48

Allergy / Alert Information

No Known Drug Allergy

Triage Information

BP	152/79	HR	88/min
Temp	36, tympanic	RR	13/min
SpO$_2$	97% on room air		

Presenting Symptoms

Known HBV carrier
USG report showed vague hypodense lesion
Requests further investigations

Discharge Destination	Medicine

Page 1 of 1

A&E CLINICAL DOCUMENTATION FORM

　　我走到護士站，拿起跟著病人一起來到病房的急症室「收症紙」，邊走邊唸：「48 歲男子，拿著私家醫院超聲波報告來到急症室。」

　　學生一臉疑惑地說：「他為甚麼要拿著私家的報告來到公家的病房求醫？」

　　我笑了笑：「你問得非常好。」

　　我帶著學生走到病人的床邊，見到一名身材微胖的中年男子坐在輪床上，戴著耳機玩著手機遊戲。

　　「先生，你好。我是今晚的當值醫生。請問一下你今日是為了甚麼來到急症？」

　　「醫生！你來得剛好！我早兩天收到超聲波報告，說我的肝有個陰影！」

　　「那麼你當初為甚麼要去做超聲波？」

　　「我是那個甚麼乙型肝炎的帶菌者，醫生著我定期要做超聲波。」

　　「那麼你一向都是在私家覆診？」

　　「對。」

　　「你有帶那份超聲波報告嗎？」

男子從背囊中拿出一份超聲波報告，上面寫著他的肝裏有一個細微的陰影，但由於位置的問題，超聲波照得有點模糊，建議病人再做電腦掃描看清楚。

「報告沒有甚麼大問題呀。」

「吓，不是說我有 cancer 嗎？」

「報告只是說有陰影，而且你那肚腩令到超聲波照得不太好，需要之後再做電腦掃描看清楚。」

「但我收到報告之後這兩天都覺得自己上腹痛，真的不是 cancer 嗎？」

「報告只是提到有陰影。肝裏的陰影可以是水囊，可以是血管瘤，並非一定是癌症。話說回來，兩天前收到的報告，你卻今天來看急症，就是因為擔心自己的肚子痛嗎？」

「我怕是 cancer 呀！」

「那麼你為甚麼不找你本身的肝科醫生？」

「他要兩個星期後才有空檔，我怕有事便來急症呀。」

查看病人的資料，看來他「清如水、明如鏡」，在醫管局的電腦紀錄完全是白紙一張，就連醫健通 9 也是甚麼也沒有。

9　醫健通（eHealth）是政府設計出來的一個網上平台，原意是促進公私營醫生的紀錄互通，但實際上我們經常都不會看到任何的私營醫生紀錄。詳見《醫囑背後》第七章〈甚麼專科〉。

　　於是，我再轉過身去，問道：「那你在私家有抽過血、用過藥嗎？」

　　病人一臉疑惑地答：「有呀，但你不是可以上醫健通看到資料的嗎？」

　　我苦笑一下：「你的私家醫生沒有將任何資料放上醫健通，所以便只能夠靠你了。」

　　我一邊為他做身體檢查，一邊繼續問症。

　　「你說你肚痛，那你近來有沒有發燒、肚屙、作嘔、屙血、屙黑屎？」

　　「沒有。」

　　「那有沒有變輕、變瘦、變得無胃口？」

　　「也沒有。」

　　「那我先為你安排抽血，你先好好休息吧。」

　　「甚麼？只是抽血？沒有其他東西可以做嗎？」

　　「你還希望做些甚麼？」

　　「你也說要做電腦掃描，你就今晚安排呀！還有是不是應該抽組織檢查，見一見肝膽胰外科的醫生？」

「如果沒有緊急問題的話，我們不會在當值期間做緊急掃描的。明天早上，你可以再跟主診醫生決定之後怎樣排期去做掃描。要是真的見到有問題的話，到時才安排抽組織和見外科吧。何況你來了內科病房，也不會見到外科醫生呀。」

「癌症也不是急事嗎？」

「急事是指如果今天晚上不處理，病人會馬上掛掉的個案。何況你根本就沒有確診過癌症！」

「那今天不就白坐一晚了嗎？」

「既然你說肚痛，我們就先處理肚痛的問題。其他的事，容後再談。」

說罷，我便走回護士站，將病人說的事都打入電腦「收症紙」上，並且寫下醫囑，著護士為病人安排抽血。一個相熟的護士長路經身旁，便跟我搭話：「原來今天是你當值嗎？喂，我那4號床的伯伯因為跌倒入院，現在已經不斷想跨過床欄，麻煩你幫我簽張restraint[10]。」

我一邊在4號牌板上寫下醫囑，一邊問道：「阿伯有沒有Q仔[11]呀？盡量也不要五花大綁吧！」

護士長無奈地答：「給他餵了，他還愈食愈精神。喂，13A 病人 K 低 [12] 呀，順便幫我開點 Slow K 吧，他說不要喝 Syrup K，説太難喝會反胃。」

寫好醫囑，我便和學生離開病房，回頭望一望剛剛收來的那位病人，見到他依然是一臉失望和不滿。

10 Restraint 是指為病人穿上約束衣，一般都是用來對付神志不清而有暴力行為、亂扯身邊醫療器材、容易跌倒卻又不斷爬床的病人。

11 Quetiapine，一種有鎮靜效果的常用精神科藥物。

12 鉀（potassium，化學符號 K）是一種體內的電解質。當血含量太低時有機會影響心跳，一般可以用 Slow K、Syrup K 之類的補充劑去提升血鉀。

全身暑假　尋找 Doctor

本身有覆診私家醫生的病人要轉到公立醫院治療，可能是因為病情有變、因為私家醫生去了旅行、因為存款花光了、因為本身的醫生想不到新療法、因為病人和醫生吵架之類，原因五花百門，有時更是令人意想不到。公營和私營醫療對待病人的態度非常不同，所以這種「轉營」不時都會導致不愉快的事情。

心理學中有一條分支叫 medical sociology，專門研究醫療機構裏存在的關係、行為和制度，其中一個研究重點叫作 doctor-patient relationship，也就是醫生和病人之間的關係。

很多很多年前，資訊不發達，教育不太好，當醫生的都是屬於高高在上的一群，而當病人的又絕對不會懂得任何醫學知識，也不會有著名的互聯網名醫谷歌大神的幫助。那個時候的醫患關係很簡單，權力向醫生方向一面倒——「我講乜，你做乜」，病人的唯一選擇就是信與不信。

演變至 21 世紀，大眾都能讀醫學院。即使你沒有讀過醫科，依然可以到圖書館和 YouTube 自學，找谷歌大神求醫，找姨媽姑姐問診……這令醫患關係出現了根本性的改變。現在醫學界普遍認為，醫生一方有責任向病人解釋不同療程的目標、利弊、取代方案，也就是在醫囑上我們經常簡稱為「I/R/B」的 indication、risk、benefit，總之絕對不應該是「一言堂」自行作出醫療決定。

有能力的病人則應該在得悉所有資訊後，作出知情同意（informed consent），而整個醫療決定的過程就叫作醫患共享決策（shared decision making）。

根據英國國民保健署的資料所示，一個知情同意的決策需要有以下要點：

自願（voluntary）——病人在作出醫療決定時，不論同意與否，不應該受到醫護、朋友、家人等任何外力干擾，而應完全自主自願。

知情（informed）——病人有權知道所有與療程有關的重要資訊，包括利弊、療程的取代方案、不選擇此療程的後果等，以助病人權衡輕重。

能力（capacity）——病人要有足夠的認知能力去理解、複述以上一切與療程有關的資料，並懂得研判利弊，才算是有能力作出醫療決定。

於是，在現代醫學中，醫患關係之間的溝通便變得非常重要，重要得是我當年在小島學堂的必修課，也是我們專科考試其中一個考核要點。

溝通方式沒有黃金定律，所以病人要找個「好醫生」其實就似男歡女愛找伴侶。即使你擁有天使臉蛋，也有魔鬼身材，但最終依然是取決於兩人是否投契、是否合拍。有些病人會喜歡醫生完全不給個人意見地提供選擇，但如果同一個醫生遇上一個沒甚麼意見的病人，世界大概會停滯不前。

　　我也見過不少醫術高明的醫生會因為溝通技巧不足，而被標籤為「草菅人命」、「垃圾醫生」，所以其實很多時候，無論是在網上評論區又或者談天時病人所提及的「好醫生」，都是一班懂得和病人交流的醫生，和本身的醫術並沒有甚麼必然的關係。

　　有一次在門診接見一個病人，他對自己的病症和檢查完全沒有任何問題，就是對上一次見他的醫生非常有意見，用了五分鐘不斷地罵那個醫生。通常在這些情況我們都是任由病人發洩就好，於是我便繼續整理他的資料，心不在焉地「嗯嗯嗯」算了。

　　我無意識地問了句：「那個醫生叫甚麼名字呀？」他回答後我卻差點被嚇得休克，因為他說的名字就是坐我隔鄰診症室的高級醫生。

　　私家醫生和病人的關係除了是一般醫患關係，兩人還多了一個服務提供者和顧客的角色，令到事情更加複雜。

　　病人在私家醫生手上得到的每一顆藥物、每一次縫針、每一種儀器、每一度氧氣統統都會轉化成為落入醫生荷包中的真金白銀。即使你是用醫療保險去看醫生，改變的也只不過是由保險公司付費。於是，病人便成為了真真正正的米飯班主。雖然這並不代表私家醫生一定會因此強推甚麼療程和藥物，又或只向錢看，但這依然是一種潛在的利益衝突。曾經見過有公立醫院的醫生堅持不轉到私

營執業，就是不想「和病人的關係出現雜質」，聽上去還真有半分浪漫。

在服務更好的私營市場覆診的病人習慣了可以隨時找到醫生問診。無論大事小事無聊事，撥一通電話，發一個電郵，找不到醫生也能找到他的秘書和助護。所有的要求，就算不是萬事如意也起碼會有人聆聽。絕對不用像公家門診一樣等待三五七個月，電話又長期未能接通；要是你半夜三更在病房說你背脊痕癢，你不被人問候已經算很好了。亦因如此，這些病人因為各種原因需要「轉營」到公營機構看診時，便會因著極大的期望落差而不滿，甚至不時發生爭拗。從急症室登記到見醫生要花幾個小時，見完急症科醫生後等候入院又要排隊，入到病房後到當值醫生來收症也是等待，中間沒有茶水奉送亦不能走開，環境絕對沒有私家的舒適，一般病人也會等到發脾氣，何況是一向習慣了私家服務的病人呢？

我在當值收症期間，不時收到病房的電話，說有病人要求立即見醫生，很多時候就是這類一直在私家覆診的病人，而且他們想要見到的其實不是我這些「二打六」，而是希望立即見到專科醫生。有病人曾經叫我立即致電某某教授、某某醫生，提出即晚開始癌症療程、為他立即「通波仔」之類的要求。也有試過病人來到病房之後才知道「內科病房環境惡劣」所言非虛：對面一個精神紊亂的病人整晚呼天搶地在唱山歌，右手旁邊有一泡香氣四溢的大便，鄰床病人的心跳監察機更是不斷「呸呸」聲地響。他發現原來在電視上見到的畫面已經是執整過的美化版本，於是便要求立即出院。

試想一下，當值醫生要處理的事務何其多，這些要求完全與性命無關，自然被排到優先隊列的最後。何況即使是教授在場，

除非你當刻急性心臟病發，否則也斷不會有半夜醫癌或通波仔的服務。等著等著，有病人便曾經因為「我想簽紙自行離院都要等三個鐘！」而向醫院提出投訴。

在醫院裏，我們經常將被病人投訴稱為「被 PRO」，但其實 PRO 全寫是 Patient Relations Office，也就是病人聯絡辦公室。醫護如果被 PRO 聯絡、約見，通常也不會是甚麼好事情。要是發生了甚麼醫療事故，被 PRO 當然正常。在臨床上，我們也見過有人會因為打豆留有瘀痕而被 PRO，因為不滿醫生沒有寫疫苗豁免書而被 PRO，但其實原來被 PRO 也並不一定與醫療有關。我曾聽講過有人會因為電視上播的不是翡翠台，因為沒有護士為病人領取袋鼠熊貓外賣，因為不能拿到一件全新未用過的病人服而被 PRO，還可以因為無 Wi-Fi 無拖鞋……原因千奇百趣，你想到的都有。

在公立醫院裏，選擇藥物與療程的差額不會落入我的銀包，你做手術與否也不會影響醫生的收入，所以醫護和病人之間理論上沒有利益衝突，但如果要達到知情同意的三個要求則仍然有不少灰色地帶。

香港內科服務的市民大都上了年紀，而且他們的教育水平一般都不算高，有小學畢業已經算是不錯的學歷。於是，在作出醫療決定時，無論我如何將療程內容精簡化，他們都未必能夠全面理解。在這些情況發生時，很多時候便要找來病人的家屬當見證人，一起

聽，一起討論，即使最後作出同意的是病人本人，中間其實有很大程度上受醫護和家屬意見的影響。

就在幾個星期前，我和一位末期病患在談論 DNR（不作心肺復甦）的問題。看過去的紀錄，叔叔在這個問題上經常「彈出彈入」，又說不要急救，又說要插喉，但又說不要打強心針，非常多變。花多點時間了解，才發現原來叔叔完全不知道甚麼叫急救，更不知道當中的程序，只知道自己的宗旨是「不希望辛苦」。以前談論心外壓、插喉、強心針時，他幾乎都是隨機地回答，貌似辛苦的便不做，聽上去還可以接受的便答應。

「叔叔，咁你想唔想心外壓呀？」

「唔好辛苦啦。」

「插喉呢？」

「好呀。」

「都好辛苦㗎喎！」

「咁算啦，唔好啦。」

家人雖然知悉叔叔的決定，但這些敏感的話題他們也未試過正正經經地「三口六面講清楚」，於是全家的答案也是隨著叔叔一樣隨風搖曳，左搖右擺。

這些選擇由病人自願決定，但病人又是不是「知情」，是不是「有能力」決定呢？

另外一個灰色地帶，就是病人究竟需要知道多少，才能夠算是「知情」呢？

就以簡簡單單處方一粒撲熱息痛（paracetamol，也就是「必理痛」）為例。一般市民大眾只會知道有人用撲熱息痛來自殺，進階一點的市民會知道撲熱息痛有可能傷肝，但其實根據行內常用的醫學版維基百科 UpToDate 網頁，撲熱息痛的副作用多達四十四種，亦有可能和二十六種藥物相沖。一粒必理痛尚且如此，何況是大小手術、掃描顯影劑和其他千千萬萬款藥物？

我見過最認真的大概是腫瘤科部門，他們通常會為每一種化療、免疫治療藥物製作專用單張。假設醫生需要為乳癌病人處方俗稱「紅魔鬼」的 doxorubicin，他可以從電腦列印一張詳細列明「紅魔鬼」的功效、副作用、併發症的單張。因為單張詳列了普天之下發生過的副作用，內容非常齊全，也非常嚇人。以前當學生時曾經跟著腫瘤科醫生，見過有些病人一見到列表最後所寫的嚴重副作用又是心臟衰歇、又是死亡，驚都驚死，還怎麼會去醫癌？

這些列表為求齊全，每一個有可能的併發症都會納入其中，即使機會率只有幾百萬分之一。這又回到了一開始的問題——甚麼性

格的病人需要甚麼類型的溝通？要是病人是一個出門怕撞車、旅行怕墜機的人，看過那資料單張後，他大概痛得昏死過去也不敢吃一粒必理痛。

副作用和併發症有很多種類，但每一種的機率大小也都不同。我們為病人解釋方案時，不論是「我做手術從來無事！」，又或者是說一句「脫墨有很多併發症，最嚴重會死」，都是不妥當的。

看電視那個甚麼「東西望望」的節目，經常也會報道醫療事件，不少案件都是源自病人在療程過後得不到期望中的療效，反而出現了併發症而表示不滿。行內八卦時估計，發生的不幸事情十居其九都不是因為醫生亂醫亂切，而是因為那療程一些已知有可能發生的副作用。更大的可能大概是當初醫生向病人解釋和溝通時出現問題，導致醫患之間對療程有不同的期望，令到病人最後成為了概率下的犧牲品。

全身暑假　投奔檢查

現代人愈來愈關注身體健康，久不久便會做一次全身檢查。而又因為醫療科技的普及，這些全身檢查的內容愈來愈廣泛，從以前的簡單驗血，進展至現在已經包括了不同的影像掃描。家父早陣子做了一個全身檢查，除了抽血，還有電腦掃描、超聲波之類，名副其實由頭頂照到落腳趾尾，埋單聽聞不過一萬元，抵到爛。

掃描做得多，總會有時候查得出一些需要再作跟進的問題。於是，世界上便出現了一種來自私營機構的新型病人，雖然沒有任何不舒服，但就拿著不正常的化驗報告、掃描報告來急症室，最常見的大概有做完心血管掃描發覺有冠狀動脈栓塞，又或者是掃描時照到某器官有懷疑是腫瘤的陰影。

在疫情期間，全民打疫苗掀起了疫苗安全的風波，也興起了全身檢查的熱潮。有人是為了在打疫苗前查一查自己有沒有甚麼暗病，有人是為了找出甚麼來好讓自己能夠拿豁免書。更多人跑去做檢查、做全身掃描，也就更多人拿著有問題的報告跑來急症室。

以前，當我們遇上因為心口痛而來到內科病房的病人，會先為他們檢查心酵素，再轉介他們至私家掃描中心去做心血管掃描，等待覆診時再作跟進。現在，這類病人比以前有準備得多，「很有誠意」，不少都已經先做過掃描，帶著報告來到急症室，令心臟科的同事們也不知好嬲定好笑。

　　這其實反映了一般市民有事但求助無門的問題。心血管梗塞、有疑似腫瘤，這些聽上去都是很嚴重的事情。能夠負擔私營醫療的病人自然不用彷徨，但依靠公營治療的人又怎麼辦呢？

　　拿轉介信去排門診嗎？公營專科門診的等候時間聽聞很長的，這些嚴重的問題怎能夠等幾年才見醫生？事實上，公營醫院的專科門診是按著病情的緩急輕重去發放新症日期的。當負責分發先後日期的醫生覺得病人的情況急需處理，是可以發出幾個星期之內的快期，更急的話甚至能夠直接聯絡病人入院處理。

　　不過，在等候期間病人並不會知道進度如何，不能像叫外賣一樣在手機上見到「你的轉介信已被接納」、「你的轉介信已交給相關醫生處理」、「你的要求已被批核」，病人只可以乾著急。懂得用手機程式的可以每天上 HA Go[13] 去查一下有沒有覆診的日子，不懂得的人便只可以每天望天打卦，希望郵差叔叔有天會帶來一張醫管局的覆診紙，揭盅自己究竟還要等多久，就似當年公開試放榜一樣刺激。要是放榜後拿了個緊急期還好，如果拿了個不知幾多個月之後的覆診期便又要惆悵了。熱鍋上的螞蟻真的想提早見醫生的話，唯一的上訴機制便是找個醫生寫封信，希望門診能夠提早覆診期。為了想見醫生，要先見另一個醫生寫一封醫生信，將醫生信轉交給醫生，再等醫生看完醫生信之後決定你能不能早一點見醫生。答覆如何，又是一場等待的遊戲。

13　HA Go 被我們戲稱為「蝦膏」，是醫管局設計給病人使用的一站式手機應用程式，可以看到自己的覆診日期、藥物、化驗報告，也可以用來遞交轉介信。

比起患病的悲傷，不知道自己究竟有否患病的未知感覺大概更加磨人。不少人不想玩這個遊戲便決定另開戰線，直接衝進急症室，起碼等了三五七個小時之後一定會見到醫生。

當然，大眾關心個人健康是一件相當值得鼓勵的事，總比完全不理會自己的身體，然後去到七老八十時一驗才知甚麼都高來得好。問題是究竟應該驗甚麼、不驗甚麼？

隨便在網上找了一堆全身檢查的網站，基本都會用血液化驗檢查血糖、血脂、肝腎功能等，也會照肺部X光和做心電圖，這些都是常見、常用的檢查，無傷大雅。而大部分這些計劃都會讓你升級豪華版，就似你到西餐廳食牛扒加添配菜一樣，加些錢便能再從血中驗多點其他的和做多點掃描。而這些豪華檢驗，十居其九都是嘗試驗出各式癌症。

這樣驗，準確嗎？有用嗎？

有很多組織和科學家都曾指出，如果我們要做一個全民篩查，該疾病和測試必須符合一些要求，而世界衛生組織的指引包含以下要點：

● **該疾病需要有重要性**：要是患病之後唯一的症狀只是腳趾尾痕癢，大概犯不著要全民一起檢查了吧？

● **該疾病需要有可接受的治療**：要是患病後無得醫，全民檢查便只會得到全民恐慌。

● **需要有合適的地方作診斷和醫治**：全民篩查，診斷出了一堆新病人，負責檢驗的人便有責任「執手尾」，提供相應的轉介、照顧、治療，不能棄之不顧。

● **該疾病需要有一個容易偵測到的早期、潛伏期**：要是患病後的潛伏期「太潛太伏」，怎樣也驗不出，然後一發病時已經是風起雲湧、萬馬奔騰，一發不可收拾，那我們便沒有充足的時間和機會去提早偵查和處理患病的人。

● **該篩查方式應該要盡量減低假陽性和假陰性的可能性**：要是測試比擲毫更不準確，我不如自己拿個硬幣拋兩拋當檢查好了。

● **該篩查方式應該要為大眾可接受的**：篩查的方式宜簡不宜繁。要是唯一測試方式是從腦部拿組織去化驗，難不成全民一起到醫院去鑽頭骨？

● **該疾病的篩查、診斷、治療要符合經濟效益**：試想一下，如果需要全民檢查，但每次檢查需要十萬大元一次，那麼全市只有一千人也要用上一億，未開始醫病便已經破產大吉。

　　要是你以為檢查餐單上的所有事項都一定符合以上要求，那麼你便大錯特錯了。其中最著名，也是醫學院最常教的一項檢查，一定是前列腺特異抗原（prostate specific antigen, PSA）。

PSA 愈高，患有前列腺癌的機率愈高，這是真的，但問題是癌症並不是指數上升的唯一原因。年紀大、前列腺增生、前列腺發炎和感染、尿道手術等，幾乎任何刺激到前列腺的動作都會導致 PSA 升高。有研究甚至指出，在驗血前不久如果曾進行探肛檢查、性交、自慰、激烈踏單車等或多或少都會影響 PSA 的水平。

PSA 的準確度一向成疑，又沒有黃金標準和及格線。低一點點的不代表你沒有前列腺癌，高一點點的又不一定有癌症。以常用的標準 4 ng/mL 作及格線的話，PSA 的敏感性（sensitivity）[14] 大概是 87%，特異性（specificity）[15] 則是大概 40%。換句話說，如果我們單用 PSA 測試和 4 ng/mL 作及格線的話，100 個患癌的人我們會找到 87 個，而 100 個沒患癌的人中我們能準確地找出 40 個沒患癌的人，也就是有 13 個人有癌但驗不出，而又有 60 人沒患癌卻得出陽性報告。

這個驚人的數字大概已經可以解釋為何我在實習時，經常見到泌尿科醫生因為收得太多「PSA 偏高但毫無病徵」的轉介而嘆氣，露出一副欲哭無淚的樣子。泌尿科的世界一直都在尋找不同方式去改善這個問題，例如設計新的指標和化驗方式，又或者先以病人的病歷和家族史作評估，揀選合適的病人去做化驗。

另一邊廂，前列腺癌可算是癌症中一個相當溫和的成員。根據香港癌症資料統計中心（2021 年）顯示，前列腺癌佔一年男士

---

14   敏感性：100 個有病的人裏面，這個測試能找到幾多個。
15   特異性：100 個沒病的人裏面，測試能夠排除幾多個。

44

癌症新症中的 16%，即是三千多人，排行全港第三，卻只佔一年中因為癌症而死亡的人數裏面的 6%。事實上，醫學界一向認為前列腺癌雖然極為常見，但很多時都發展得極為緩慢，不少人更是一向「與癌共存」，不用治療，最後因為其他病因去世。有研究人員為生前從未確診過前列腺癌的男性死者作解剖，在年紀較大的死者中，有整整七成的人原來都患有前列腺癌，只不過從來都沒有症狀。

既然單單測試 PSA 有較高機率得出假陽性、假陰性，而且又有那麼多患者根本不需要治療，所以世界各地的醫療機構其實一向不建議用 PSA 作全民前列腺癌篩查。

不少所謂的「癌指數」的而且確會因為癌症而升高，但也會受很多其他因素影響，大型文獻都未曾建議用它們作全民篩查。在臨床上，我們大多數都是因為病人的症狀令人懷疑得了癌症，又或者因為病人本身已經確診癌症並且需要監測療程的成效，才會抽血檢驗癌指數，絕不會像驗糖尿、膽固醇一般久不久便為病人化驗。

有時候看門診，病人會向我們提出這樣的要求：「醫生，可不可以幫我驗個癌指數，那我便可以節省那幾千元的身體檢查套餐。」當被拒絕時他們便會覺得是醫生不近人情、極度孤寒，背後其實是有原因的。

除了因為以上說過的癌指數準確度，還有一個問題叫作「過度檢查」（over-investigation）。

化驗得多，未必找到本來想尋找的病症，卻有可能發現這邊有一個囊腫，那邊有一個陰影。雖然看上去不太有可疑，但為求安心，我們會再繼續掃描，甚至抽組織檢查。最後一個簡簡單單的身體檢查，可以轉化成為期五年的「進一步檢查」，食多幾次電[16]，抽多幾十次血，最後驗出一切正常，卻買來五年分量的擔驚受怕。

剛才我們說過單用 PSA 作篩查，會查出 60% 的病人指數偏高，懷疑患癌卻其實沒有前列腺癌。這 60% 的病人自然會進一步去再做一個磁力共振，再抽取一次前列腺組織，最後才會知道是「食詐糊」，白白承擔了當中掃描、組織抽取所需要的金錢和風險。

另外，假設某種病從患病到死亡大概是五十年之長。

從前，一般人都是患病三十年後才會發病、被診斷，所以「存活期」大概有二十年。後來，隨著科技進步、全民檢查更普及，患病後大概十年便能夠被檢測出來，開始治療。治療後，病人還會有四十年的壽命，「存活期」便貌似從二十年倍增至四十年，非常令人鼓舞，但心水清的讀者可能已經發現，三十加二十、十加四十，答案其實都一樣是五十年。二十年的治療和疾病的進程根本無關，就似一個五呎高的人戴上了半呎高的紳士帽，根本就不能改變身高，這個現象醫學上叫作「前置時間偏差」（lead time bias）。

16　我們行內被輻射照到的俗稱。做電腦掃描、心導管檢查的手術等都是常見「食電」的地方。

又假設有一種病，很多人患上了它其實都不會發病，也不大影響健康，所以一向都是只有小部分病情變差得較快的病人才會因為病徵求醫。進入科技進步、全民檢查普及的時代，現在患病的人，不論病徵輕重，統統確診，每年找出的新症數量自然倍升。可惜，科技的進步未必會帶來治療的提升。以前每十人確診，經醫治後有一人死亡；現在每二十人確診，多出來的十個就是那些沒症狀、沒治療的人，經醫治之後依然有一人會死亡，但死亡率和以前相比便突然從十分之一跌至二十分之一，這情況就叫「病情長度偏差」（length time bias）。

這些不同的偏差在研究癌症和各種篩查方式的時候特別常見，「有病愈早醫愈好」原來也不是金科玉律。做檢查會有風險，照掃描可能會有輻射，抽組織可以有併發症，一切也是要平衡風險與利益。在公共衛生學和平常臨床醫學裏，我們就是要用這樣的數字去研究誰人應檢查、怎樣檢查、甚麼時候檢查以達至最大的公眾利益和最好的平衡。

從病人角度去看，這一章說的大概全是廢話。

宏觀地看就只能看數字，對象是人類，並不是人。只看數字便很難量化病人的感受。統計學說甚麼誤差只有百萬分之一，風險很低，但病人往往最擔心自己正是那萬中無一。「前列腺癌大部分生長得很慢」，但誰人能保證我的前列腺癌不是小部分很惡的那款？

「好的不靈醜的靈」，雖然機率跟六合彩中頭獎差不多，但健康要緊，病人緊張也是正常的。

　　對於這個問題，我也沒有甚麼標準答案可以提供，只能說一句，不要過分焦慮，也不要肆無忌憚，最重要的還是要好好認識報告上每一個數字的真實含意，好好跟醫生商量。

Chapter 2

18 16

醫生，佢 gasping 呀！

正當我打算帶著學生到醫院飯堂吃晚飯時，我身上那白袍的口袋忽然又響又震又閃，是醫院電話響起了。接通了電話，電話的另一邊傳來的是護士長的聲音。

「喂？急症室剛剛送來一個簽了 AD 的 CA Lung[17] 病人，肺片上都已經是白茫茫一片，用著 10L O_2，樣子有點兒衰，gasping[18]。她的先生剛剛來到病房。你會過來看一看她嗎？」

「現在過來。」

行近病房，見到門口有一個滿臉焦急的男士在踱步，在門縫和狹窄的玻璃之間嘗試窺探病房裏發生的事。那個人大概就是病人的丈夫。我向他點頭示意，說道：「我是今晚的當值醫生。我看過病人之後再過來找你，好嗎？」他點了點頭，然後繼續緊張地踱步。

我們在醫院裏說病人「樣衰」，說的不是他們的容貌，是在形容他們的情況。「樣衰」沒有甚麼定義，就是覺得病人情況不太好、勢色不太對，用英文說就是有點 fishy。這些第六感是依靠臨床經驗累積的，沒法教，也沒法學。相傳有一個紓緩科的高級醫生，見到不同的臨終病人都能夠估中他們剩下的日子有多少，奇準無比。當然，同事也有年資深淺的分別。新入職的同事可能會覺得很多病人也很樣衰，但如果連護士長也跟你說病人「樣衰」的話，你大概就真的要立即去看一看。

17　我們經常簡稱癌症做「CA」，並在後面加上患有癌症的地方。「CA Lung」就是肺癌的意思。

18　Gasping 是用來形容大聲、用力的呼吸，就似是人遇溺時的那種。

來到病房，新來的女病人的床位就正正對著護士站。護士長已經為她接駁了心跳監察，幸好血壓和心跳似乎暫時未有異樣，血氧含量也能維持在 94%。

Who's Hospital	Case No:	WHO20192243(7)
Accident & Emergency Department **Clinical Assessment Form**	Name:	WONG ▓▓▓ ▓▓▓▓
	Sex / Age:	F / 58

Allergy / Alert Information
No Known Drug Allergy

Triage Information			
BP	120/66	**HR**	102/min
Temp	37.9, tympanic	**RR**	23/min
SpO₂	97% on 10L/min NRM		

Presenting Symptoms
CA Lung on BSC FU R&O SOB x 3/7 then fever today

Discharge Destination	Medicine

Page 1 of 1

A&E CLINICAL DOCUMENTATION FORM

翻查紀錄，女士今年五十多歲，患了肺癌，已經用過了很多線的治療，但似乎依然不能將癌細胞控制。旁邊的學生和我一起盯著電腦熒幕，忽然問道：「我想問一下甚麼是 PC ？甚麼是 BSC ？」

我望向學生指著的位置，原來病人已經和腫瘤科醫生商量過，不再用任何針對癌症的藥物，並已經轉介至紓緩科繼續跟進和簽署了預設醫療指示（advanced directive），也就是護士長説的 AD。

「PC 即是 palliative care，BSC 即是 best supportive care。如果病人的檔案上出現這類字眼，也就代表她已經正在接受紓緩科的治理，不再醫癌。」

「但她才五十多歲！」

「如果病人真的有這份勇氣去作出選擇，我們當然會尊重，但的而且確很多人都比較不接受年紀輕的病人進入紓緩科，這些時候千萬記緊要先和家屬溝通。」

「那現在要怎麼辦？」

「Treat the treatable，並找家屬確認病人的意願，否則，出現『反 D』便麻煩了。」

「甚麼叫『反 D』？」

「即是明明已經簽署了 DNR（不作心肺復甦），但家人忽然改變主意，要求全力搶救。」

我倆走到病房外面，坐在長椅上的男士馬上跳起走過來，緊張地問：「我太太她還好嗎？」

　　我示意他先行坐下，然後跟學生一起坐在他的身旁，才慢慢地說：「她現在的維生指數還好，除了血氧含量需要高濃度氧氣來維持之外，其他都還可以。我想問一下她近幾天有甚麼不舒服？」

　　「她自從停了藥之後就有點氣喘，近幾天好像特別差，除此之外好像沒有甚麼大問題。」

　　「那麼她有發燒嗎？身邊近來有沒有人有任何感染症狀？」

　　「沒有呀，但好像剛才在急症室量度時有點兒發燒。」

　　「嗯，我們會先為她安排抽血和注射抗生素。另外，我想問一下你知道太太在覆診紓緩科嗎？」

　　「嗯，知道。」

　　「你也知道她曾經簽過一份預設醫療指示，説過如果她的情況轉差，她都不希望插喉、心外壓、用鼻胃喉、用呼吸機。這些你都明白和同意嗎？」

　　「嗯，知……」

　　去到後來，他的聲線開始有點顫抖，就連一句「知道」也答不上了。雖然他不斷地深呼吸，假裝鎮定，但依然藏不住雙眼滿眶的淚水。我和學生靜靜地坐在他身旁，不發一言。這些時候，還是安靜一點比較好。

過了一會兒，先生的情緒穩定了一點，但雙眼和鼻頭仍舊是紅通通的。他望著我，用半點帶著哀求的語氣說：「但你現在可以全力幫助她嗎？甚麼急救、呼吸機也好！我的女兒去了旅行，明天才回到香港⋯⋯」話音未完，他又已經啜泣起來。

正當我打算回應時，電話竟然就在這時候響起。

「怎麼了？有沒有甚麼急事？我正在見病人家屬。」

「我想通知你有個今天下午入院的 EOL[19] 老院伯伯 desat，現在用著 4L O_2 有 90%。」

「好，我待會兒過來。」

---

19 End Of Life（EOL），臨終治療。

連貫性

在香港，即使下了不作心肺復甦的決定，但文件和法律細節上依然非常複雜 [20]，其中一個很大的問題在於醫患雙方對於這個決定的連貫性。

在醫管局內，我們當然有預設醫療指示、不作心肺復甦的文件。在醫學院和醫院的指引上都有教前線醫生如何處理這樣的決定，但這些都只是醫管局的文件，也就是離開醫管局範圍便會失效。而且根據現時的法例規定，救護員到場發現有人沒有心跳、沒有呼吸時，即使現場有人能提供預設醫療指示的證明，救護員也必須作出急救和開始心外壓。曾經看過一篇訪問前線救護員的新聞報道，說的就是病人家屬在現場目擊急救過程，即使明確表示病人不希望作出心肺復甦也無用，惟有哀求救護員按輕力一點，不要病人受苦。也有救護員表示現時的文本並不清晰，而急救是爭分奪秒的行為，根本沒有時間等待家人找出文件再細閱詳情。

這個漏洞其實已經討論多年，而香港政府新鮮滾熱辣在 2024 年年初成立了相關的法案委員會，開始接收公眾意見並檢討相關條文，希望香港在臨終計劃上能夠再進一步。

---

20 《醫囑背後》第五章〈最後的路〉。

　　當有帶著任何預設文件或簽有 DNR 的病人入院或者轉院時，我們習慣每一次都會致電緊急聯絡人去確認家人的意願，更要寫明聯絡人的姓名、關係、電話號碼，有些地方甚至要有兩名醫護分別確認才可以。有時候會遇上被問得不耐煩的家屬，我連招呼也未打完，他便已經說：「不用問了，我們是同意 DNR 的。」

　　這個麻煩的習慣除了是因為簽過預設文件後，病人和家屬依然隨時可以改變心意，也因為我們中過太多次陷阱。轉院前才剛簽好的 DNR，轉院兩小時後便說「我們現在希望全力搶救」，而且這些情況時有發生。見過最極端的例子是病人在轉院後情況變差，當值醫護見到有簽好的 DNR 便沒有作出搶救，通知家人來見最後一面，但家人到達後卻堅持自己從來沒有同意 DNR，弄出個羅生門來，搞得整個部門欲哭無淚。

　　因為我們現在尚未有一套完整的系統去記錄病人對於臨終照顧的決定，有時用字、溝通上都會引致同事、家人之間的誤會和困擾。

　　醫院管理局設計的「預設醫療指示」、「不作心肺復甦」是在公立醫院裏面各部門間通用的，但不同部門的醫生在巡房、門診寫下醫囑時想表達「紓緩治療」的話，用的術語卻是五花百門。

　　在我的個人經驗中，內科的同事喜歡使用「紓緩治療」（palliative care, PC）、「舒服為本」（comfort care）等詞語，

臨床腫瘤科則偏好寫「最佳支持性治療」（best supportive care, BSC）。有時候，病人患上了膽囊炎、闌尾炎等一些本應動手術的問題，但又已經行年一百，外科醫生認為手術風險太高，便會提出只以藥物治療（for medical therapy），一般來説就是指打抗生素，看看病人能否挺過去。臨終治療（End of Life, EOL）又是另一個常用的字眼，最常用於老人科、紓緩科裏面真真正正已經步入倒數階段的病患。

這許多不同的用字貌似指向同一個方向，但又好像有一點點的不同，這是源於每一個專科看病時著眼點的分別。

腫瘤科的專責是化療、電療、免疫治療、標靶治療⋯⋯總而言之都是要施藥抗癌，所以對他們來説，如果病人不適合進行癌症療程，他們便會判定為 BSC。同理，外科醫生的專長在於「切」，何時切、如何切、切甚麼，如果病人的病況根本「切不了」，處理上便不再是他們所擅長的範圍，成了藥物處理（medical therapy）又或者保守性處理（conservative management），簡單來説就是不用手術處理。

於是，就著切不切、化療不化療、搶救不搶救之類的問題，我們發明了很多用字。這許多的字眼可能有些微的差別，也是你中有我、我中有你，道理上有很大程度上的重疊，但執行上又可能有點差別。

如果站在病人、家屬的角度去看，我大概不會有時間、心情去為這些不同名詞作學術研究。而作為病人的主診醫生，我大概也不能花時間去解釋這些詞語，反正要談論的、最重要的問題其實也是那幾個，不會因為這些不同決定的銜頭而有所改變。

即使理順了「醫」在連貫性上的問題,「患」的一方在這方面其實也有改善空間。

在法律上,要是病人無能力為自己作出急救與否之類的醫療決定,又沒有法定監護人,醫生便有權以病人最大利益為依歸去作出決定。執行上,在面對重大決定時,我們依然會聯絡病人家屬去討論,讓我們了解病人以前和家屬現在的意願。雖然家人未必一定是法定監護人,但這些問題始終生死攸關,良好的溝通可以減少爭拗。

在尋找家屬時,我發現了一個有趣的現象。不少上一代的人生小孩,一生便是一條村,絕對不似現在的一個起兩個止。打電話尋找家人時,細妹說事關重大著我找家姐,家姐在日本旅遊叫我找二哥,二哥事忙又叫我找大嫂,我在紙上已經畫出了全家的家族圖兼聯絡電話,就是找不到一個人去負責討論和決定。

大家族還有另一個問題,就是總有親人住得很遠。住在元朗、屯門、流浮山的還好,要是子女移民到外國的話,情況便更加複雜。不止一次聽過有家屬說不想病人受苦,但又要求急救,希望「撐多一兩日」,為的只是讓那住在歐洲的女兒能夠回來見最後一面。這個情況在疫情封關期間,更是複雜。

又有時候,跟家人的代表談出了決定之後,有另一個家屬會忽然出現,說自己從來沒有同意不作急救,說醫生見死不救,說要控告醫院。這個問題原來並不是香港獨有的,外國有人叫這個現象作

「Daughter From California Syndrome」，中文則翻譯為「天邊孝子症候群」，說的都是一個身住遠方、久未見面的家人，在病人病危時忽然出現，並且提出和其他家人不同的醫療意見。有醫生曾經為此撰文，說這類家人通常都不太熟悉家人的現況，到達時會很大脾氣、十分不滿，說穿了其實是因為自己長居在外沒有和親人見面而出現罪疚感，拒絕接受現況，希望救回病人讓自己能夠補償那些時間。

「天邊孝子」也好，「本地孝子」也好，我當醫生短短的幾年間，已經見過好幾次有病人家屬在病人臨終時爭拗著醫與不醫、急救與否的問題，甚至在現場爭家產，說要帶那個插著尿喉、鼻喉、氧氣喉的病人到銀行提款。我記得有一次，明明病人已經不能與人溝通，但女兒堅持說要帶他到銀行，說銀行經理答應她只要見到病人還在生便會讓她提款。

近來，我有一位同事每天巡房時也在處理人家的家事。有個病人行動不便，醫院需要處理病人出院後的生活安排問題。曾經聯絡病人最親的姊妹，她們都說病人的生活和自己無關，叫我們不要再找她們。好不容易找來一個姨甥來幫忙，將近出院時姊妹卻忽然再次出現，說我們完全不通知她們，又忽然提出一系列和原本完全不同的安排，弄得過去一整個月的準備都要推倒重來。

清官難審家庭事，你叫醫護們應該如何處理病人的治療呢？

入侵性

討論 DNR 其實也是一種藝術。

曾經聽過最直白的一次，有醫生直接說：「他現在的情況不太好，有死亡風險，我就不建議急救，你們意下如何？」家人當然直接淚崩。以下就節錄一些我聽過病人和家屬最常問的問題，還有我最常說的「台詞」。

「咩叫急救？」

急救是指當一個人的心肺功能停止運作時，我們如何在他體外用其他方式嘗試維持身體機能的運作，使其有機會復原。

地下水管的自來水不會自自然然流上頂樓，帶有養分的血液也不會無緣無故走勻全身。心臟跳動時會製造出血壓，有了壓力才能將血泵至各大器官。當心臟不跳動時，我們就用心外壓去按壓病人的胸膛，將血液壓出心臟，嘗試維持血液流動。要維持若干的血壓，按下去時自然要用力，深度的標準要求起碼兩吋。如此大力地按，胸骨肋骨骨折、心臟包膜出血、爆肺等都是極為常見的併發症。

維持到血液流動，我們便要確保血液有氧分可以帶至全身，也就是保持新鮮的空氣能夠流入肺部。正常呼吸時，胸腔外擴會為肺部內製造出負壓，令空氣能自然向內流入。急救期間病人自然不懂得呼吸，我們便只可以用不同方式將空氣泵進肺裏。大家在電視劇上最常見的方式就是插喉，將一條膠管從口經過喉嚨放進氣管內，駁上呼吸機去泵氣。常見的併發症就是身體有些地方被泵進去的空氣「谷穿」了，漏氣到胸腔、皮下組織等一些本不應該有空氣的地方。

看醫療劇的時候，有時會見到醫生在急救時用消毒藥水抹幾下病人的頸，手起刀落將其切開，插進膠喉。這個程序叫氣管造口術（tracheostomy），通常是上呼吸道因為嚴重敏感、腫瘤等各種原因而被阻塞，我們才需要跳過口腔和喉嚨，直達氣管，所以並不是急救必做的，在內科病房也很少發生。

當我們穩住了病人的基本心肺功能之後，醫生可以因應病人心肺停頓的原因去安排輸血、吊鹽水、打藥等，但並不是任何時候都適用。如果病人的心跳回復（return of spontaneous circulation），我們會說成功將病人「搓返起」，又或者「搓贏」。急救應該搓多久並沒有公認的標準，一般我們都是計 30 分鐘，也就是十針強心針的時間，但有少數的特別例子可以搓得更久。如果十針之後病人都沒有任何心跳，我們便會為病人宣告死亡，也就是「搓輸」了。

我不是特意將急救的程序說得如此恐怖，但「醫生，你要盡力救佢！」的背後確實就是如此有入侵性。亦因如此，我們更應該好好平衡風險與利益。

「點解你唔救佢？」

在《醫囑背後》曾寫道，急救不是萬能，成功率絕對沒有大家想像中那麼高。

如果病人心肺停頓的一刻有人立即為他展開急救，而且還有心臟除顫器去幫助，那麼他的生存率最高大概可能有四五成。哪怕只要差一點點天時地利或人和，這個數字便會如山泥傾瀉般向下跌。

這個數字還未計算病患本身的病史。正如剛才所說，急救只是用來維生，並不是用來治療。如果病人本身有的是癌症、腎病、心臟病等長期病患，器官的功能本身已經比常人差，任我心外壓時再努力地按，我也按不走他的癌細胞、按不通那條栓塞的血管，成功機會可想而知。這些本身患有長期病患的人，很多時候即使經歷過一輪苦戰，好不容易才「搓返起」，十數分鐘之後便會再次心肺停頓，急救又要重新開始。急救、成功、停頓，再急救、再成功、再停頓……苦戰一晚，直至心臟完全不再跳動。

醫護建議 DNR 的時候，不是我們不想救病人，而是我們對搓贏還是搓輸的機率心裏有數。

之前的一次當值，我的印象特別深刻，不是因為那天我特別「黑」，而是因為兩個情況很相似的病人。

兩位男士都沒有甚麼長期病患，也不煙不酒，唯一的分別在於一位行年四十多，一位卻已經八十有四。他們兩人都不幸中風，卻

都幸運地趕及在黃金時間之內打溶血針、做手術。術後幾天，我在電腦系統上查看兩人的進展。年輕一點那位的治療非常見效，除了手腳仍然不太靈活，其他症狀都有大幅好轉。相反，年長一倍的伯伯似乎對治療沒有甚麼反應，好幾天後依然手腳無力、雙目無神，大概屬於那六成對溶血針沒有反應的病人。

雖然我們大可以說兩人的背景一定有不同，但年紀大小對療程的影響依然不容小覷。

「咁咪即係放棄佢？」「我仲想畀機會佢！」

DNR 的決定其實並不影響一般的治療。

簽署 DNR 後，我們依然可以照常抽血、打豆、用藥，做多與做少取決於我們和病人家屬的共識。只不過如果這些程序似乎都並未能夠扭轉病人的情況，心肺依然停止運作，直至那一刻，DNR 的決定才會執行，我們才會停止治療，好讓病人安靜地離去。

「係咪一定要我同意你先簽得？」

在法律上，如果病人有能力為自己作出醫療決定，除非病人出現會影響公共衛生的情況（例如肺癆、天花、瘋牛症，以及疫情期

間 COVID-19 之類需要呈報的傳染病）、對公眾利益有可能造成影響，又或者按法庭要求公開，否則他的權力以至私隱權自然是最大的。如果病人曾經通過預設醫療指示等途徑要求不作任何急救，但我仍然為他作插喉、心外壓的話，犯法的便會是我。

如果病人沒有能力作出醫療決定，又沒有法定監護人，醫生有權以病人利益為依歸，為其作出最好的選擇。由於家人並不是自動成為病人的法定監護人，所以其實家人這身份本身並沒有任何法定權力去為病人作出任何醫療決定。

當然，這不代表醫生能夠完全自把自為，自己作出所有決定，而完全不和家屬溝通。特別是 DNR 這類重要的決定，與家人的溝通會令我們更清楚了解病人在以前有沒有簽署過相關的文件，又會不會曾經說過「有咩事千祈唔好急救」之類的決定，抑或表達過自己的意願，這些都是決定急救與否時可以用作參考的因素。

「可唔可以之後先答覆你？」

我們當然體諒病人家屬需要時間去討論一個如此敏感、重要的問題，但我們仍然希望家屬能夠盡快答覆。長期病患的身體情況可以變化得很快，一小時前仍然談笑風生，一小時後血壓、血氧就突然急跌的情況經常發生。當發現病人情況轉差、心肺停頓，我們可能只有短以秒計的時間去決定急救與否。

很多人也會說：「他現在情況穩定，我們不希望討論這個問題。」他們認為這樣不吉利，也不合時，但如果你問我，我們正正應該在病人還有能力，又或者情況穩定時去得到一個冷靜而經過深思熟慮的答案。難道大家真的希望在病人情況變差、在家屬和醫護的情緒未必足夠冷靜的危急關頭，要被迫在一分鐘之內回覆嗎？

退一萬步來想，要是病人本身患有慢性疾病、年紀不小，這類決定今次用不上，未來總會有一次派上用場的。上紓緩科的課時，高級醫生經常強調：「DNR is a choice!」想 DNR、不想 DNR 都不要緊，最重要是有一個清晰的答案。

「我幾時可以探病？」

一般來說，親朋戚友要探訪病人需等待各病房的探病時間，每一間醫院、每一間病房都有自己的探訪時間，有需要便要問該病房的同事，這個沒甚麼好說的。

在早幾年的疫情期間，有一個名詞經常出現在傳媒報道中，叫「恩恤探訪」（Compassionate Visit）。有時我們懶惰的時候，口頭上、手寫醫囑上都將其簡稱為「CV」。我記得我剛剛當上實習醫生時都從未聽過恩恤探訪這個字。當新冠疫情轉差時，醫管局開始限制家屬探病，最後才發展出恩恤探訪這個字眼。當時的安排我也不打算詳談了，反正事情已經過去，但恩恤探訪這件事卻其實一直都與我們同在。

病人的情況千變萬化，總不會只在官方探病時間前後才會轉好轉差。當病人情況突然有變，病人的親戚朋友希望立即到來探訪也是人之常情。有些時候，醫護人員見到病人的維生指數、化驗報告等一直轉差，又或者純粹是我們的第六感告訴我們勢色不對，我們也會跟病人的家屬講一聲病人的情況有可能轉差。在這些情況下，我們便有機會讓親朋好友們來作「恩恤探訪」。

當然，我們的第六感可能會錯，但如果等到病人真的變差時才通知家人便有可能太遲。有時候，家屬會抱怨我們怎麼連續報了許多天病危，害得他們晚晚都要趕來醫院，但始終我們不是閻王、不是拿著生死簿，估計總會有錯，但我們就是寧願估錯，也不希望家屬錯過了見到病人最後一面的機會。

如何跟家屬說病人的性命垂危也是一門學問。

有些醫生習慣輕描淡寫，即使病人的心跳差不多停頓，他也是一句：「嗯，對，情況蠻差，你有空便來看一看吧。」有些緊張大師見到病人用著輕度氧氣便已經會說：「對呀！有生命危險的！情況轉差我便要用呼吸機和心外壓了！」照事實來說他倆大概也沒有說錯，但用字和語氣的分別都已經可以讓電話筒另一邊的人收到完全不相同的信息了。

別說醫護，有時候就連家人也可以出現這類氣定神閒的人。

有一次，我在當值時收來一個婆婆。她的Ｘ光片雙肺花白，在急症室已經要用著氧氣面罩，看上去要用盡全身的力氣才能夠吸到半口氣。打開電腦，婆婆的病史比本書目錄還要長，並且已達九十多歲的高齡，種種的跡象都似乎在告訴我們婆婆的情況不容樂觀。

我見陪同婆婆的只有老人院的職員，便打算致電婆婆的兒子說一說她的情況。

「喂？你是XXX的家人嗎？」

「對呀。」

「你的媽媽剛剛被送到誰人醫院來，你知道吧？」

「我知道呀！」

「她剛剛來到我們的病房。我看見她現在用著氧氣面罩呼吸，但依然十分氣喘，血氧含量也並未達標。根據初步檢查，她現在大概患有嚴重的肺炎。」

「噢，是嗎？」

「我想問一下，家人和婆婆之前有沒有共識，如果病危時，會不會希望我們為婆婆用呼吸機、插喉、心外壓等程序？」

「吓？她有那麼嚴重嗎？」

「有呀！現在一般用的氧氣面罩已經不足以讓她維持血氧指數了！」

「噢，讓我想一想吧。」

「可以，但可能要盡快了。如果待會兒我見到婆婆的血氧含量仍未達標，便要考慮為她上呼吸機的了。」

「真的有那麼嚴重嗎？」

「對！」

「噢，好吧。我想一想。」

「那麼你們有甚麼親朋好友想見一見婆婆的話，便叫他們立即趕來醫院吧。我會著護士安排你們依次進病房探病的。」

「吓？真的這麼末期了嗎？打點抗生素不就好了嗎？」

「對呀！她的肺炎嚴重得X光片都是一堆雪花了，即使我現在打抗生素也未必可以救得到她的！」

「噢，好吧。」

聽說婆婆的家人一整晚都沒有出現，幸好婆婆又真的慢慢撐到第二天的早上。

當然，也有另一個極端的例子。

當值時收來了一個婆婆，一向沒有甚麼大病，卻忽然神志不清，需要入院檢查。初步的血液化驗報告看不出甚麼眉目來，於是我便嘗試致電她的老伴和兒子去商討下一步的計劃，打了幾次也沒有人接聽，我便先行去處理其他病人的事。

半小時之後，一個氣急敗壞的男士忽然衝進病房，直奔向護士站，說自己是婆婆的兒子，問我們婆婆是不是出了甚麼事情。細問之下，原來他發覺自己錯過了醫院的電話，又不知道怎樣可以和病房職員聯絡，情急之下便立即搭車飛過來醫院。我解釋說我只不過是希望商討下一步的檢查，他就呼了一口大氣，情緒冷靜下來，跟我說：「醫生，你嚇X死我呀！」

Chapter 3

1844

醫生，佢 desat 呀！

安排好那患癌女士的檢查，又安撫好她丈夫的情緒後，我和學生便一起去看那個 desat 的伯伯。

Desat 是我們對 desaturation 的簡稱，也就是病人的血氧濃度下降的意思，是醫院內其中一個最常見的問題。

要量度血氧含量，用的是我們平時叫「夾手指」的那個血氧計，也就是疫情期間那個「應急百寶袋」的其中一件儀器。它的一端能夠發射紅外線，穿過我們的指甲和手指，直達在手指另一端的感應器。由於帶氧和不帶氧紅血球的光譜有些微不同，血氧計就是靠這個差別去估計我們的血氧濃度。

Desat 這個問題博大精深，但其實很多時候所謂的「desat」都未必是真的血氧下降。

女士流行的指甲油和美甲能影響紅外線的傳遞，有可能進而影響讀數。當病人手腳冰冷無血到、發燒發冷全身震，這些也都能令血氧指數貌似暴跌，但其實只不過是血氧計量度不了準確的血氧含量。

一般人的血氧含量應該有 95% 以上，如果只有百分之八十多甚至更低，那麼病人應該已經出現相當的不適、氣喘，甚至昏迷。所以亦有人說過，要是有人通知你病人 desat 至 50%，但他依然龍精虎猛地在聊天，沒有甚麼症狀，那麼有問題的十有八九都是那個血氧讀數，不是病人本身。

　　在內科病房，很多病人都患有肺炎、痰多「落錯格」、肺水腫等會導致血氧含量降低的疾病，人人用著一兩度氧氣是一件相當普遍的事，所以這些都是來到內科實習的醫生其中一樣最需要學懂處理的事情。

　　「你知道正常空氣裏面有多少氧氣嗎？」

　　「大概 21%。」

　　「平時我們經常説幾多 L 氧氣，那麼加 1L 氧氣即是加了幾多 %？」

　　「好像有 3% 至 4% 吧？」

　　「對。每加一度氧氣便是加了大概 3% 至 4% 的氧氧到你呼吸的空氣中。」

　　病人臉上有條小膠管，上面有兩條小分枝分別插進病人的兩個鼻孔，而膠管的另一端則接駁著牆上的氧氣閥門。我一邊檢查著膠管，一邊跟學生繼續説：「這條就是 nasal cannula，也就是我們俗稱的『貓鬚』。氧氣就是沿著膠管吹進病人的鼻孔，以此提高吸入的空氣裏面氧氣的濃度。當氧氣濃度需求愈高，氧氣便更激烈地吹進鼻孔，所以病人經常會投訴鼻孔乾燥，有些人甚至會被吹至流鼻血。」

　　病人的床頭櫃上放著一個未開封的氧氣面罩，看來是護士們剛才差點以為要動手為病人升級裝備。我把氧氣面罩拋給學生，道：

「『貓鬚』不能夠達到太高的氧氣濃度，如果病人持續 desat，我們便需要轉用這個 oxygen mask。面罩能夠覆蓋口鼻，更有效地讓病人呼吸到更高濃度的氧氣。」

學生把玩著手上的氧氣面罩，問道：「那 NIV 和 HFO$_2$ 呢？」

「NIV（non-invasive ventilation）即是我們一般說的非入侵性呼吸機。NIV 的面罩用魔術貼更緊密地貼在病人的口鼻上，有些型號甚至能將整塊面覆蓋，另一端接駁著一部猶如氣泵的呼吸機。呼吸機能夠模仿人類的呼吸，透過氣壓的轉換去幫助病人吸氣、呼氣，所以如果面罩不夠貼服而出現漏氣的情況，NIV 便會得物無所用。」

眼見病房另一端有一位病人正在使用 NIV，我便帶學生過去看一看。「很多病人剛開始使用 NIV 時都會覺得面罩和氣壓轉換令他們非常不適，所以我們有需要教導病人如何配合機器去呼吸。但腦退化症、精神紊亂的病人自然學習不了呼吸方法，有些人甚至會不斷掙扎，反而可能弊多於利。High Flow O$_2$（HFO$_2$）則是相對先進的產品，並不是每一個病房都有配備。它的樣子像高級版『貓鬚』，噴著的依然只有鼻孔，但配有機器去加濕、加熱，令它更舒適和易用。有機會再給你看看。」

回到病床旁邊，躺著的伯伯年逾九十，插著鼻胃喉，四肢都已經收縮，是我們最典型的老院 bedbound non-com[21] 病人。熒幕上

21　Bedbound 指長期臥床的病人。Non-com 則是 non-communicable 的縮寫，說的是已經喪失了溝通能力的病患。「Bedbound non-com 的老人院院友」大概佔了公立醫院內科病房病人的大多數。

顯示著血氧含量有 97%，血氧計的跳動和心跳吻合，看來伯伯的情況已經穩定下來了。

「這類病人最常會因為有痰、餵奶時『落錯格』而 desat。你見他要用鼻胃喉便知道他本身吞嚥功能一定出了問題。記住、記住、記住，要先檢查究竟病人有沒有在用『貓鬚』，因為他們經常掙扎，『貓鬚』便會鬆脫，那麼氧氣只是在吹著他的眼球，當然會 desat。」

雖然伯伯的情況穩定，但一呼一吸時不用聽筒都能聽到他滿口濃痰，「煲痰」大概已經可以解釋他那浮動的血氧含量。

「醫生，要是他那麼多痰，我們幫他將所有痰抽掉不就好了嗎？」

正當我打算回答的時候，護士長走過來拋下了一句：「少年你太年輕了。」説罷，她在病人的床邊拿出那條用來抽痰的膠喉讓學生看，「這條喉管不是內窺鏡，我們抽痰時當然會盡量抽，但其實也不過是『盲抽』，根本看不清楚裏面的情況。何況一條這樣粗的膠管在裏面穿來穿去，一來很容易刮傷氣管，二來根本到不了幼一點的支氣管，有時候抽出血來反而弄巧反拙。」

「那理論上我們是不是可以用內窺鏡去幫病人清痰？」學生繼續問道。

我想了想，複述以前一位胸肺科醫生教我的事：「其實這類病人的機能已經退化到連咳的氣力都沒有，咳嗽卻是我們人體清痰最

好的機制。有位胸肺科的醫生教過，他曾經試過為這類病人做氣管鏡，見到大氣管雖然非常清潔，但內壁都已經被抽痰的喉管刮傷。再往裏面看，小氣管滿滿的充塞著濃痰。他盡量將痰都清走，但病人過兩天還是逝世了。」

護士長接著説道：「這也是為甚麼我們在臨終病房都是用藥物去控制病人的氣管分泌，不再作多餘的舉動。」然後，她便拉著學生到床邊，教他如何用抽痰的喉管。我趁著這個空檔，走回護士站坐一坐，在病人牌板上寫醫囑。舉頭一看，病房電腦竟然還未有新入院的病人名字，簡直令人喜出望外。

護士長一邊為病人抽痰，一邊向護士站大喊：「我晚一點就去叫 night food，你要不要？」

「當然要！」我馬上回答，「還可以叫我學生的份！」

護士長沒好氣地看一看我，再指一指放在桌子上的外賣餐單道：「你看一下想吃甚麼。」

我將菜單遞給學生，跟他説：「傳統上，每天晚上在病房當值的護士裏面，年資最大的都會負責叫宵夜，也就是 night food。我先回一回 call 房，轉頭再來找你。你看一看想吃甚麼便叫吧，不用顧著護士長的荷包。」然後，我裝著見不到護士長的白眼，「哈哈哈哈哈哈」地飛奔出了病房。

無效治療

　　有學過急救的人大概都知道「ABC」的口訣，在確定現場環境安全之後，要穩住病人的氣道（airway）、呼吸（breathing）和血液運行（circulation）。當上醫生後，有同事曾經笑說我們還要為口訣加上一個「D」──DNR。內科專門照顧醫院內的老弱傷殘、奇難雜症、長期病患，所以 DNR 的而且確是在內科裏非常重要而又極度常見的一環。

　　近來部門來了幾個從外國回流定居工作的新同事。有一天吃午飯時，我問他：「你來了幾個星期，香港的病房你都見過了。我們的內科病房經常住滿了一班吊著鼻胃喉、四肢收縮、不能溝通的老人家，但我在英國實習時好像極少見到這個情況的病人，究竟英國的醫院將這些病人都收到哪兒去了？」

　　「我也不知道，大概因為英國人絕對不會讓自己去到這個地步。」

　　在《醫囑背後》也曾經提過，有許多大家覺得是理所當然的治療，其實醫的只不過是一堆數字，也就是我們所說的維生治療

（life-sustaining treatment），而醫管局其實曾經在很多年前印發過一些指引和單張。根據單張，維生治療的例子有：

- 心肺復甦（cardiopulmonary resuscitation）
- 呼吸機（ventilator）
- 輸血（transfusion）
- 強心針（vasopressor）
- 人工輸液（artificial hydration）
- 透析（dialysis）

我們可以輸血提升血色素，但如果病人繼續流血不止，輸的血也只會石沉大海。又例如我們可以用強心針、呼吸機將病人的血壓、心跳、血氧含量推高，但這些治療其實對本身的病因並沒有任何幫助。維生治療的作用是用來買時間，買時間讓其他藥物發揮效用、讓病人的器官復原，要是背後的病因好轉的機率很低，那麼維生治療充其量只是用來推後死亡證上的日期。

究竟應該做還是不做這些維生治療，高度取決於當地的傳統、文化，也取決於病人與其家屬的共識和態度。外國人普遍極度厭惡鼻胃喉，那回流到港的同事也說他以前見過的大部分病人，如果因為各種原因往後都無法進食，病人和家屬都會寧願選擇不插胃喉去度過餘下的時間。外國對紓緩治療和環境的要求都比香港高很多，插著喉管或接駁著眾多儀器這些在香港社會被認為「醫護有在認真監察病人情況」的舉動，都會被英國人認為是在騷擾病房安寧和病人休息，就連心律監察的「嗶嗶」聲也不能接受。

早陣子在病房遇到一個過百歲的伯伯，在過去半年出入過無數次醫院，精神愈來愈不振。最近一次入院是因為他完全不肯張開口吃飯，就算將飯糊放在他的舌頭上，他也沒有任何吞嚥的反射。當年伯伯的太太也是這樣去世的，所以家人早有心理準備，堅持不插鼻胃喉，讓伯伯自然度過餘下的日子就好。問題是沒有人可以準確預測伯伯剩餘的日子有多少，那麼我們應該如何安置伯伯？出院回家或是送到老人院的話，伯伯看來會落入不停入院出院的循環，但病房又不能無限期地收留伯伯在醫院看顧。想去臨終病房、紓緩病房嗎？伯伯這一刻的身體狀況又未去到那麼差。

巡房時，我又轉過頭問那位英國回流的同事，這情況他會怎麼辦？

「如果在英國我工作的病房見到類似情況，我們大概只會向病人處方兩三種如嗎啡之類的紓緩用藥物，就連鹽水也不會吊，這樣病人的狀態一般較容易估計。」

在香港見到愈來愈多人簽署預設醫療指示，而大多數人都只會拒絕心外壓、插喉、呼吸機。這幾年以來，我大概只見過少於十個人會註明不用任何抗生素、靜脈注射。我想如果連鹽水也不吊，大概在香港依然不太被接受。

要維生，醫院內最專業、最厲害的當然首選深切治療部門。

深切治療部其實並不是要「治療」甚麼，更重要的職能是要出盡法寶去穩定病人的一切維生指數，延續生命，好讓其他專科的醫生能夠治療導致病人情況如此差的原因。

維生背後的學問其實很多，我也不逐一介紹，以下用例子回答大家。

有一位女病人一向健康正常，因為一些事在私家醫院要做個小手術。例行術前檢查無問題，年紀又輕，理應一帆風順，很快就可以出院。誰知道，她在手術後忽然昏迷不醒，緊急檢查後發現原來她本身有隱疾，令到她的心臟功能非常差。可能是因為她年紀尚輕，之前真的半點症狀也沒有。情況危急，她立刻被轉送到公立醫院的深切治療部繼續醫治。

雖然她的情況不理想，但如果醫生們能夠對症下藥，甚至撐到做一個根治性的手術，理論上依然有一點點機會能夠救回她的性命。於是，深切治療部先為她上強心針，再為其裝上人工心肺（extracorporeal membrane oxygenation，簡稱ECMO，台灣又叫「葉克膜」）、主動脈內氣球泵（intra-aortic balloon pump），並進行血液透析（haemodialysis）和插喉，基本上就是用機器取代心臟、肺部、腎臟的功能，也要幫助泵血，務求將心臟的負荷減到最低，穩住一開始便說過最重要的「ABC」。

與此同時，深切治療部先為病人對症下藥，也召來心臟科醫生用不同方式去穩住病人的心臟功能，甚至要考慮如果她大步檻過的話，之後應該如何處理她的心臟衰歇。在等待藥物發揮效用的期間，外科醫生也一直跟進最新情況，希望選擇一個最佳的手術時機。

「四師」會診，吊著數條喉管、駁著幾部機器，就是希望穩住病人的情況，買時間、買機會為病人做手術，爭取那最後一線生機。

現代醫療技術進步，心、肺、腎的功能我們或多或少都能用不同方式去暫時性取代。

雖然我們可以，但不代表我們需要。

有一個術語叫作「無效治療」（medical futility）。現時醫學界並無一個一致的定義去解釋這個字詞，大概就是指一些不會令病人情況有明顯改善的治療。

剛才那位女士的情況雖然很可憐，所有會診的醫生也很想幫助她，但使用取代心肺腎運作的機器和吊著眾多的藥物的日子也會有盡頭，用盡一切方法逆天也會有代價。事與願違，她捱過了手術，卻捱不過心臟衰歇和併發症，最終用了另一種安詳的方式離開深切治療部。

就算病況有機會逆轉，各部門動用一切支援去幫助病人，但醫生和科技依然都不是想救病人就可以救得到。就算是未去到深切治療部，我們每天在內科病房也要作出取捨。病人的病患本身應該要用薄血藥（抗凝血藥），偏偏卻在某個位置不停流血，那麼我應該薄血抑或是不薄血？病人的心臟太弱，泵血太多的話會負荷不來，

只好打去水藥（利尿藥），但他的腎指數又因為缺水和心衰歇不斷攀升，那麼應該先救心還是救腎？

在末期病患裏面，這種「口同鼻拗」、「心同腎鬥」的情況相當常見。正正就是因為醫生們知道治療的成效可以有多大，又知道病人本身的長期病患可以有多差，我們才會希望在適當的時候「搏盡」，在適當的時候勸退「無效治療」。我們建議 DNR 時，也是同理。

在疫情期間一個風和日麗的中午，我買了個外賣，坐在圍著膠板的辦公室裏獨自享用。忽然，手機不斷作響。我望一望手機，心中爆出一句粗口，立即拋下筷子，拿起白袍便往外飛奔，全因手機屏幕上的一句——「腎科病房急救」。

趕到病房時已經有幾位同事在場。心肺停頓的是一個本身有末期腎病正在「洗肚」[22] 的婆婆。她本來識行識走，護士們説半小時前她還在吃家人帶來的午飯。同事們各司其職地為婆婆進行急救，主診醫生也立即嘗試聯絡家人，而我則獲派為婆婆插喉的職責。一插好喉管，拿起氧氣泵一按，氣管內忽然有一堆冷飯菜汁沿著喉管飛出來，心肺停頓的原因非常明顯。

22　腹腔透析（peritoneal dialysis），俗稱「洗肚」。

　　末期腎病會導致體內毒素積聚，礦物質水平時高時低，影響各大器官健康，所以這類病人出現併發症或死亡等風險一向比其他長期病患高。家人可能會問：「她明明剛才還在行來行去吃叉燒包呀！」

　　我經常會以一個比喻去回答：「試想像病人就似一個搖搖板，剛剛好水平地橫放著。我們一向的治療就是希望穩住這個搖搖板，希望它不要向任何一邊倒下去。可惜它就是如此不穩，風一吹、有兩塊沙石撞到，它都可以倒下來。無論這個搖搖板本身有多平穩、撐了有多久，倒了就是倒了，而且極難將它回復原狀。」

　　DNR 不代表沒有治療，也不代表完全放棄病人，堅決急救也不代表正在幫助病人。治療和幫助病人的方式有很多，急救只不過是其中一樣，也不一定最有效和有益。我們可以逞英雄一般努力搶救，但有時可能安安靜靜地休息，讓家人好好地陪伴在側，才是病人最需要得到的幫助。

維生治療

　　我們不斷説「維生指數」、「維生治療」，其實甚麼是「維生」呢？這條問題恰巧是小島學堂某教授最喜歡問醫學生的其中一條問題。

　　維生指數也叫生命表徵，英文叫 vital signs，在行內溝通時則會簡稱為 vitals，指一些反映人體基本生理功能的指數，一般包括血壓（blood pressure）、心跳（heart rate）、呼吸（respiratory rate）、體溫（body temperature）和血氧含量（oxygen saturation）等五組數字。Vital 這個字據説來自拉丁文。在拉丁文中，*vita* 是指「生命」，*vitalis* 則是「與生命相關的」。不知道當年「維他奶」（Vitasoy）命名時，是不是也與拉丁文有關呢？

　　到過公營門診覆診的人大概都知道大堂一般都放置了幾部血壓機讓病人等候時使用，然後拿著印有血壓和心跳的小紙條到診症室見醫生。有些人看到血壓偏高依然滿不在乎，也有一些人見到自己的血壓似乎不符合黃金標準便非常緊張。大家要知道，平常我們説上壓 120mmHg 和下壓 80mmHg 只不過是黃金標準，不同醫療組織對「正常標準」都會有些微出入，稍高稍低其實也絕不出奇。而

且，黃金標準只是給普羅大眾作參考，我們對每一個人、每一種病的要求其實也可以不同。

例如，不少年輕女孩子們的血壓一向偏低，有些甚至低得連捐血也會被人拒絕，但這不代表她們統統有病。如果病人曾經得過缺血性中風，我們一般都會容許他們的血壓高一點，維持大腦的供血。又如果病人患有心臟衰歇，心臟沒有力氣泵血，血壓自然會偏低。有些心臟衰歇病患的血壓上壓長期都維持在 80mmHg 上下，能超過 90mmHg 已經算是相當高，但因為這些病人的身體都已經適應了在血壓偏低的情況下運作，他們依然可以過著正常的生活而又一點症狀也沒有。

這些例子告訴我們，維生指數雖然有適用於大部分人的「國際標準」，但實際上依然要根據病人的年齡、病史等去再作判斷。

有另一個例子叫做「慢阻性肺病」（chronic obstructive pulmonary disease, COPD），這個問題絕大多數都是由吸煙引起，患者的肺部組織經常會發炎，甚至早已受破壞。少了健康正常的肺部組織，患者便會容易氣喘，需要長期以吸入性的藥物去穩定肺病的情況。情況嚴重者，甚至有需要依賴長期隨身的氧氣機為生。

由於這些病人的肺部功能欠佳，血氧含量會比一般市民大眾低。剛才提過，我們血氧含量的正常數字大概起碼有 95%，但對

於嚴重的 COPD 病患，我們只會要求 88% 至 92%。如果他們的血氧含量一向大概如此，他們的身體會習慣和適應在這個狀態下運作，所以即使血氧含量偏低，症狀依然可以近乎零。就好似一向住在高山上的人，他們的身體也是長期習慣了在低氧的情況下運作。

有人可能會問：「血氧含量高一點總不會有問題吧？全部病患都吸氧氣不就好了嗎？」這樣便大錯特錯了。

小學生也知道，人類需要呼吸，是要吸入氧氣、排走二氧化碳，而我們的呼吸一定要夠深、夠快才能夠有效率地排走二氧化碳。當大腦感應到我們的血氧含量太低，又或者二氧化碳含量太高，它便會指示我們的呼吸系統去加快呼吸，造成我們一般所見到氣喘的症狀。當我們人工地用儀器將氧氣噴進肺部，的而且確能夠提升血氧含量，但大腦亦會因此誤以為身體運作正常，即使面對愈積愈多的二氧化碳也會無動於衷，最後可以導致高碳酸血症，使病人精神錯亂、失去意識，嚴重者甚至可以死亡。

這個例子希望可以令大家明白身體各部分的需要原來並不相同。亦因如此，有時候即使全力治療，也不一定能夠醫好。

不能治療

除了無效治療，我們也常常問自己，究竟我們在治療些甚麼？

上一本書也曾經談過老人家如何墜入進出醫院的惡性循環 [23]，這些老人家的家屬面對如此情況通常會呈現兩種不同的反應。

第一類家人見慣世面，在收到醫生電話時非常的冷靜，甚至在醫生還未開始解釋之前會先反過來「安慰」醫生，向醫生解釋病人的情況，知道他已經身處於這個惡性循環中，甚至直接說明要是病人有甚麼緊急情況出現都要以舒適、無痛苦的治療為主。這類人能夠如此淡定，可能因為他們本身對世事看得很開，也可能因為他們自己從各種媒體已經讀過很多相關資訊，更有可能是因為老人家每次入院時都有不同的醫生跟家人說同一番話，聽得倒背如流。

第二類家人也很疼愛病人。他們對治癒病人的期望很高，對現今醫療技術的期望更高。他們眼見家人陷入惡性循環，卻不接受、不理解、不明白為何要出出入入。他們常會說：「剛剛出院兩天又發燒，是之前的感染未醫好便給醫生踢出院吧？」、「醫生就係要救人醫人！」、「唔好咪醫到好！」。

---

23 《醫囑背後》第三章〈惡性循環〉。

　　吞嚥能力變差的原因有很多，而現今醫療科技也研發了很多讓不能用口進食的病人獲取營養的方法。

　　一般最常見的就是我們常說的鼻胃喉。那條膠喉的正式名稱叫作 Ryle's tube，行內叫它「Rye 屎」，寫的話可以簡稱 R/T。當「Rye 屎」被伸進胃部的時候，我們就叫它 nasogastric tube（NG tube），伸進空腸時就叫它 nasojejunal tube（NJ tube）。名稱各異是因為目的地有點不同，但原理大同小異，就是讓營養奶不用經過喉嚨和食道，直達目的地。一條膠喉塞在鼻孔裏，一定會不舒服，所以不少病人都會對其拉拉扯扯，有時更會整條連胃液一起扯出來，非常嚇人。

　　有另一個方法叫 percutaneous endoscopic gastrostomy（PEG tube），用胃鏡將胃部向肚皮頂過去，再從肚皮開一個洞，放一條喉管直達胃部，常見於一些因為頭頸電療而不能吞嚥的病人。

　　如果完全不希望有任何食物存在於消化道，我們便要將營養直接輸到血液當中。

　　簡單一點就是「吊鹽水」。雖然我們經常叫那些一包二包的靜脈輸液（intravenous fluid, IVF）做「鹽水」，但其實除了純粹包含氯化鈉的生理鹽水，我們也有包含葡萄糖和其他礦物質的 IVF。可惜，人總不能只靠葡萄糖度日，不同的 IVF 其實也不能夠完美複製血液所需的成分，所以 IVF 只能夠是權宜之計，不能長期使用。

　　如果想補充更齊全的營養，我們便要「燉雞」。「雞」者，total parenteral nutrition（TPN）是也。常用的雞看上去就是一大個塑膠

袋，中間被壓成了幾個小間隔，分別裝著不同成分，有些就似一袋牛奶，有些則清澈如水，在用前將它捲一捲便能將不同成分混合。一隻大雞甚至可以接近兩公升。當一名病人因為各種原因需要一隻雞，醫生便要填一張貌似點心紙的「雞紙」，選擇甚麼牌子的雞，還可以為雞加配維他命、礦物質之類的配菜，務求盡量提供一個人需要的熱量和營養。填好雞紙，便要將其送到藥房，讓藥劑師「燉雞」，將雞造出來。當然，雞並不常用，除了因為價錢，也因為它需要一條直接插進大血管的喉管，每一隻還要吊足一整天，隨之而來可以有一大堆併發症，所以雞只會為某些短期有需要的病人而燉，而不會用來作長期使用。

醫學院教過，如果一個問題有多於一種解答方式，那是因為我們還未找到完美的答案。這個道理可以放在藥物的研發，也同樣可以放進以上這堆營養供給品。Rye 屎、PEG tube、鹽水、燉雞，每一個選擇都有其好壞，更重要的是要知道全部都只是治標不治本，因為我們根本沒有任何方法可以令病人的吞嚥能力完全復原。

既然如此，近年來我們經常都會推薦另一條路，希望減少這類無效治療。有人叫這個方法 careful hand feeding，也有人叫它 comfort feeding，雖然定義有些微不同，但宗旨就是不用任何外物去幫助病人進食，用人手小心地餵就好了。

這個方式的好處當然就是不用有任何異物插在身體上，也就少一點不適、少一點掙扎，甚至連鎮靜劑也可以用少一點。問題是，如果病人真的完全不張開口、沒有吞嚥反射，那麼他便可能真的一整天都不能服食任何食物和藥物。時食時不食，對營養、病情的控制也較難掌握。而且，病人有「落錯格」的風險，繼續餵餐就是要

完全接受這個隨時可能發生的併發症。再說白一點，要走這條路，我們必須要接受病人有哽死、餓死的風險，而我那英國回流的同事所提過的英國病人，就是欣然接受，寧願就這樣離開這個世界。

英國新同事來了不久便迎來了農曆新年。雖然他的年紀比我大，我卻裝得好像長輩一樣語重心長地說了一句：「千萬要小心年關呀！」

無論是信神、信佛，抑或是無神論，當醫護的人都總有點迷信。

我們相信當晚吃甚麼晚餐便會收甚麼症。吃紅豆沙、芝麻糊會收來腸胃出血的病人，吃白果、吃豆腐、喝豆漿的會一晚都很「白」。

我們相信如果拿一堆鎅刀、剪刀圍著電話放，又或者向著病房門口指，便能夠擋走麻煩的事情。

我們也相信「年關」和「小器的病人」。

很多時候在農曆正月和七月的前後，好像有特別多關於各種意外和慘案的報道，標題少不免都會提到年關，說是「牛頭馬面年尾追數」，而在內科工作的我們都覺得病房的確有這種邪門的事情。

　　病人需要長期住院的原因有很多，有些可能是在等待家人安排院舍，也可能是家人未有空閒時間接走病人，又或者希望留院「睇定啲」之類，總之他們的情況一向都是相當穩定。當臨近這些節日的前夕，這些本身最穩定的病人卻都會忽然無緣無故地情況轉差。最邪門的是他們的檢驗報告和臨床情況經常完全脫軌。各種血液化驗指數可以忽然無定向地亂飛，臨床症狀上又沒甚麼異樣，最後卻忽然逝世；有些極端的例子是病人又是發燒又是低血壓，但所有的化驗報告比一個精壯的少年更正常，最後也是沒有半點線索，任憑病房上下所有醫生如何絞盡腦汁，最後都只能夠將其診斷為「年關」。

　　至於「小器的病人」的現象則沒有時間規限，一年三百六十五日都可以發生。通常都是説一些本已經痊癒的病人，經過幾天觀察，化驗報告和維生指數也是完全正常，但當有一天主診醫生終於寫下一個「home」字的醫囑時，病人便會忽然出現新的症狀，又是發燒，又是血氧低。這個時候，我們也只可以嘆一口氣，笑稱病人真小器，然後重新開始整個療程。

　　理性一點説，我們一向知道長期住院會增加出現「三大感染」的機率[24]，所以這些迷信邪門的事其實也有科學一點的解釋，信不信絕對由你。我們不能否認的是，即使我們嘗試尋根究底，但我們並不一定每一次都找得到病因；即使我們找得到病因，我們也不一定有治療方式；即使我們有治療方式，也並不能擔保一定能醫好每一個病人。

---

24 《醫囑背後》第三章〈惡性循環〉。

Chapter 4

2223

醫生，佢 fall 呀！

剛剛見沒有甚麼急事發生，我趕緊收拾細軟回到自己的 call 房，梳洗一下。

有些醫院有所謂的 protected sleep hour，讓全晚通宵當值的同事有幾個小時可以休息，期間的事務便由不需要整晚留在醫院的 short call 醫生代辦。可惜，敝院沒有這個服務，我們一當值就是一整晚的事。每一間醫院也會有幾個房間，是專門讓當值醫生休息、睡覺之用的「call 房」，睡床、沐浴間一應俱全，但有沒有機會使用便看你的運氣了。有時夜深工作時，從病房大樓看到宿舍，想起入面的 call 房，悲愴感倍增。就似在葛量洪醫院工作的醫生巡房時，隔著窗戶便會見到對面的海洋公園，久不久便會聽到坐過山車的人在尖叫，簡直未上班便已經想放工。

從上班的第一天開始，所有師兄師姐都教我們，既然你從來都不可能預計甚麼時候會有事發生，便緊記要學會「及時行樂」，有空閒的時候先解決三餐和梳洗的問題。如果有時間的話，馬上小憩片刻，因為當你一應召要離開你的高床軟枕，便可能再沒有機會回到它的懷抱裏面。

極速沖了一個涼，精神算是好了一點，但跌坐在床上之後便不想再站起來。正當我坐在床邊發呆之際，電話又再響起了。

「喂？」

「你的學生現在正被我脅持著，請馬上拿著四百三十八蚊來到病房贖回他。」

「甚麼嘛⋯⋯」

「Night food 到了啦！收症呀！畀錢呀！」

「係⋯⋯」

在當實習醫生的時候我已經學到，不要得罪你的高級醫生，因為他們能影響你的升遷；更不要得罪護士，因為他們能影響你的一切。我懷著最沉重的心情向那可愛的枕頭和柔軟的被鋪分手道別之後，便動身走回病房。

回到病房，看到茶水間內已經鋪好膠枱布，放好一盒盒的外賣，隱隱約約嗅到咕嚕肉和西檸雞的味道。看一看牆上的時鐘，時間才不過十點多，那即是當值還有 11 個小時才完結。走到護士站，學生馬上站起來，將新收的病人檔案遞過來：「This patient is an 83-year-old man with a history of COPD[25] and cholangitis[26] admitted for...」

護士長沒好氣地說：「現在又不是考試。」

護士長再扭轉頭對我說：「83 歲老院阿伯，行得走得，在老人院吃過晚飯之後說職員偷了他的假牙，差點想動手，但人打不到，自己卻向後跌坐在地上，沒有撞到頭。」

我笑著跟學生說：「你都已經畢業了啦，別緊張嘛。」

25 Chronic Obstructive Pulmonary Disease（COPD），慢阻性肺病。
26 Cholangitis，膽管炎。

　　如何匯報一個精準的病史一向是醫科生涯所有考試的一大難題。該説甚麼、先講甚麼、如何排序，統統都是技巧。教授們常常一邊説要精簡，又一邊説我們漏了甚麼重要資訊，這份取捨到現在我還在學習，可想而知當學生的時候壓力有多大。

　　學生尷尬地笑了一笑，護士長便接著説：「急症室為伯伯做了個丙，見到有點舊血，以前 neurosurg[27] 已經看過，keep observe。」然後，護士長便回到護士站的另一邊繼續工作。

　　我在電腦上查看急症室剛剛照的腦部電腦掃描，向學生解釋：「CT丙也就是 CT Brain[28]。病人早兩個月才因為撞到頭導致腦出血，所以當時已經入過一次院，見過一次腦外科。Conservative management 即不用動手術，好好觀察 keep observe 就好了。今次的掃描比起上次的看起來有進步，沒有新問題便可以。」

　　學生在我身旁不斷緊張地點頭，看來他還以為自己做錯了甚麼事。

　　「冷靜一點嘛，我不過比你大幾年，這個又不是考試，用不著那麼拘謹。」我再指一指護士長，「她開始當護士時我才讀小學，我們年資加起來還不及她的一半……」

　　「閂住！」護士站的另一邊傳來一聲咆哮。

　　「人家二十年的年資，你連工也未正式開，慢慢學啦。好了，進去茶水間幫護士長弄軟餐吧，她要開飯了……」我笑著低一低

頭，避開那時速三百擲過來的牌板，卻避不開護士長那搭在我肩膊上的手。

她沉著聲線說：「四百三十八蚊。」正當我為自己的性命感到擔憂，忽然響起的醫院電話解救了我。

「喂喂？」

「喂？醫生！我們 13 號床病人，Trop T [29] 報告剛剛出了，過千呀！」

「Ｘ！我馬上過來。」

掛斷電話後，我便帶著學生馬上急步離開病房，身後傳來護士長幽怨的聲音：「報應囉⋯⋯報應囉⋯⋯」

27　Neurosurg，行內對腦外科（neurosurgery）的簡稱，有時候更會簡化為「NS」。

28　Computed Tomography of Brain，腦部電腦掃描。

29　Troponin，肌鈣蛋白，又稱心肌旋轉蛋白。常用於診斷心臟病發的心臟酵素。

在家照顧

　　有一次，病房收來一個患了流行性感冒的叔叔。他本身識行識走，對答如流，所以本打算讓他留院觀察一兩天，沒有發燒就可以出院。誰知道，就在入院那天的晚上，叔叔忽然想去廁所，意圖化身跨欄選手跳過床欄上廁所去。奧運選手也會表現失準，更何況是患病中的叔叔。他一個筋斗便頭向下地飛落地板，後腦勺腫了一個大血包。萬幸的是緊急電腦掃描沒有發現任何腦出血，大血包只不過是皮外傷，但瘀青比頭皮大就是了。

　　由唸醫科開始，我們就知道每一個病人跌倒後都需要找出原因，是頭暈？休克？地板太滑？是心臟、大腦、小腦，抑或肌肉神經有事？書本上的答案有很多，但現實中入院最多的都是唔聽話的腦退化症病人，又或者是不認為自己會跌倒的叔叔伯伯。

　　從來，會跌倒的病人本身一定不認為自己會跌倒，就是覺得自己健步如飛才會中招，反而那些覺得自己雙腿無力的病人通常都會乖乖留在床上一動不動。我不是想性別定型，但男士通常都比較不接受自己要在床上、床邊大小二便，也經常堅持不用人幫忙。即使我們千叮萬囑叫他去廁所要按鐘叫護士，他也會堅決要自己跨欄。也有很多時候，即使治療師怎樣教一班叔叔伯伯用柺杖、四腳架，他們把這些助行器拿回家後都是用來掛鹹魚、晾底褲之類，總之堅持「我一向都係自己行路！」，然後再次跌倒。

　　跟病人和家屬溝通的時候，往往有個很奇怪的現象。一邊廂他們覺得醫生總是不讓病人出院，非法禁錮；另一邊廂有人認為醫生總是亂踢人出院，草菅人命，好像就是沒有人覺得醫生的決定是合理的。

　　有師兄曾經戲言，當內科醫生的專業是物流，每天都要務求「病人如輪轉」，所以我們可以讓病人出院的話都會「出症」，不會留病人在醫院無無聊聊、望天打卦，但醫生的專業證明就是自己的執業牌照，要是病人情況未穩定就讓他出院，可是有被「釘牌」的風險，所以整體來説我們巡房都是「出到院就出，出不了就別勉強」。

　　有一個例外，就是病人堅持要求出院。

　　病人理論上是最應該對自己的身體負責任的人，而且他對發生在自己身體上的事情有著最終決定權。醫護們有權為病人建議最合適的治療，但病人也有權力決定接受與否。

　　有一位大叔平時跟家人同住，但因為家人日間都要上班，所以大部分時間他只能自己照顧自己，成為我們常説「daytime alone」的老人家。半年之內，他已經因為跌倒而進了四五次醫院。家人給他買的甚麼枴杖、步行架統統都已經成了一堆生鏽的廢鐵。今次入院未夠一天，他便已經嚷著要出院。

　　「你都已經跌過咁多次，你就留低畀我哋好好檢查啦。」

「檢咩查！我而家咪行得好地地！」

「檢查唔係行到兩步就及格㗎。」

「咩唔係呀！我要出院！」

「你起碼都畀治療師同你做下運動，畀我地知你行得有幾好吖！」

「咩治療師咁巴閉呀，我話得就得啦！」

「人家讀咗咁多年書，就係為咗學識判斷你行得有幾好。點會行兩步就算咁兒戲。」

「讀咩書呀！我個仔大律師呀！都讀好多年書㗎！我要出院！」

這樣來來回回爭拗了十分鐘，鬥氣的大叔在治療師面前一動也不動，就是不讓我們檢查。大叔神志思路非常清晰，這樣的話我也拿他沒有辦法。於是我打電話給那個當大律師的兒子，他連連抱歉，說他自己也拗不過老爸，著我安排送大叔回家，之後會找人照顧他。

鄰床也是一個跌倒了好幾次的叔叔。和傭人姐姐同住的他腦退化症狀比較嚴重。治療師跟他做運動時，他的行動能力其實還算不錯，但他就是經常忘記自己依然需要人輕輕扶著，特別是晚上尿急想去廁所時每次都會翻身跌下床。今次還撞穿了頭，縫了好幾針，一向有服薄血丸的他撞得半塊面都是紅色瘀青，比鍾無艷還要誇

張。問了問家人，盡責的傭人姐姐原來因此壓力山大，叔叔每次夜晚跌倒她也會怪責自己。現在的她就好像一個新手媽媽，聽到聲音便要衝到叔叔床前，生怕叔叔跌倒，睡也睡不安穩，叔叔的家人看在眼內也覺淒涼。

院舍照顧

不在家裏照顧長者，將他們轉送院舍，問題也不會一了百了。退化了的大腦不會回復原狀，跌倒的風險依然存在，只不過是由專業人士來照顧。

在門診見過一位婆婆，本身家住小弟醫院聯網這邊，卻剛剛住進了對面海的老人院。因為新聯網的門診未能趕及安排覆診，所以等待新覆診期的期間便要勞煩婆婆過海來覆診，也勞煩了每次都陪她覆診的女兒和孫女。

婆婆患有腦退化症，雖然記憶很差，甚麼家人也認不了，但神志尚算清醒，能夠作簡單溝通。可惜，她和很多老人家一樣都很容易「落錯格」、「塞痰」，也和很多老人家一樣陷入了發燒、入院、抗生素、出院、發燒、入院、抗生素、出院、發燒的無限輪迴。難得婆婆是我當天門診的最後一個病人，我也有多一點點的時間和家人聊天。

「醫生，其實我們有沒有方法讓婆婆不用再頻繁地出入醫院？」

有看過《醫囑背後》的讀者也知道，這個問題和整個醫療系統，甚至社會政策有著千絲萬縷的關係，斷不是我這樣的一個小薯醫生有能力解決的。賽馬會在 2006 年推出了「安寧頌」計劃，向醫護、院舍職員、大眾推廣有關末期病人在社區的照顧和教育。直

至現在，現今社會的人對晚年照顧開始多了理解，也多了人簽署預設醫療指示，但這些都不過是第一步。

假設病人患的是癌症，預設醫療指示寫的主要是有關癌症末期照顧上的決定。如果病人出現發燒、腳腫、跌倒、氣喘等，因為這些症狀未必與癌症有關，也可能是肺炎、器官衰歇之類的問題引起，仍有可以醫治的可能，所以依然都需要研究，老人院職員也依然需要將病人送院。

我有朋友曾有類似的經歷。她為了找地方安置自己的家人而奔波勞碌，看過院舍界的麗晶酒店，也見識過院舍界的麗晶大賓館，對老人院的認識大概比我還要深。她也曾經找過我們稱為「三條H」的靈實醫院（Haven of Hope Hospital）、賽馬會癌症康復中心（JCCRC）等這些在末期病患照顧上響噹噹的名字，但這些機構也很誠實地回覆，如果遇上發燒、肺炎之類的問題，他們很多時候也只可以將病人送院治理，並不是有駐場醫護便可以安枕無憂。

在《醫囑背後》中曾提及，如果病人的情況穩定，家庭醫學專科能夠將他本身在眾多專科門診裏跟進的事情匯集於同一個地方，為專科門診提供一個出口，也讓病人不用在各覆診之間疲於奔命。在內科中，老人科（geriatric medicine）其實也有一個類似的功能。

病人年紀漸長，可能曾因為不同事情覆診過不同專科，但情況

穩定下來之後其實現在每次覆診都只不過為了取藥。如果老人科醫生們見到這類病人，病況沒甚麼浮動，用的藥物又相當簡單，他們便可以決定將病人的整個照顧都收歸於自己旗下，方便老人家，只在情況有變時才找其他專科醫生幫忙。另外，老人科醫生亦擅長於處理病人年紀大時出現的肌肉流失、骨質疏鬆、認知退化等不同問題，還有這些問題所延伸出來的自我照顧、在家照顧、院舍服務等事宜。

包括小弟在內一班加入了內科的小薯醫生們怎樣都會經歷過老人科的訓練。有時你會見到幾個「便衣醫生」，身穿便服、頸掛職員證、拿著一個電腦袋，在橫街窄巷兩頭望，尋找老人院。這是一個叫 CGAT（Community Geriatric Assessment Team，即社區老人評估小組）的服務，簡單來説就是老人科定時定候派醫生到區內的老人院為病人覆診，藉著外展服務減少長者們需要舟車勞頓到各大醫院覆診的不便，深入社會。我記得有一名教授曾經説過：「我們醫生的行動力怎樣都比老人家、末期病患高。時間人手容許的話，當然是應該我們過去看診吧！」

我不是老人科醫生，去過的院舍也不多，但也曾經因為各間院舍的水準相差之大而被嚇倒過。有些院舍收費高昂、環境清幽，擁有一列列排得整齊的飯桌大班椅和房間，照顧上卻非常不濟，對病人手上的藥物何時該用、何時不該用都好像沒甚麼頭緒。有些則樣子普普通通，活脱脱就是電影《桃姐》裏面見到的白光管、大搖扇、木板牆那種，用的枱櫈都是東拼西湊的有十多個款式，但護理員的照顧非常周到，每一位院友對上一次大便是甚麼顏色也是一問就知道。

　　在院舍工作大概是一份厭惡性的工作。試想一下，我們久不久便會見到不斷問候人家爹娘的病人，食飯會鬧，換片會鬧，做運動又鬧，派藥派得不合心意也鬧。只是言語上罵人我還可以當他們唱歌，有些惡霸病人真的可以開口咬、拿枴杖打。在病房工作的我們還可以將病人轉院、送出院，但院舍職員卻是要每天對著他們。因此，即使是同一所老人院，它們的職員轉換率亦很高，兩個月後再次探訪可能已經又是另一個世界，所以如果你想找我推薦院舍的話，我也是無從入手。

　　我們當外展醫生看診時，其實也有些提示讓我們知道院舍的質素大概如何。

　　在香港，只有醫生手上有處方的權力。院舍為了藥物不要出錯，他們都只會派發由醫生處方的藥物。即使是隨街可見、隨便可買的必理痛、痱滋膏、感冒靈，甚至是一樽潤膚膏，要是嚴格起來，院舍職員連這些藥物也不可以派。

　　長者級的病人有很多最愛的藥物。膏藥類的有喜療妥、冬青膏，老人家們就是喜歡拿來當潤膚膏，塗少半天便會這兒痠、那兒痛。另外還有便秘三寶——草餅、糖水、甘油條，有些人不吃纖維不喝水，就是靠著這些大便藥維生，給少半粒草餅他真的會跟你拼了老命。更重要的還有必理痛和令人上癮的安眠藥。有些老人家還喜歡用哮喘噴霧，每天當香水般噴，不到一個月便用完一支，但其實他們從來沒有氣喘的問題，就是覺得不噴「條氣唔順」。

　　為免病人有事不能處理，院舍職員只好拿一大堆平安藥，甚麼止鼻水、化痰、止咳、止暈、止屙、止嘔、止痛的都要拿。始終沒了處方便不能派藥，他們也不想老伯伯流鼻水流到落腳趾，打噴嚏打到連假牙也飛脫，卻還是無藥可食。問題是當醫生見到一張有二三十種藥的藥單便會深惡痛絕，對藥要對很久，而且很多根本就沒有用，就是放在那兒等過期，還未計之前談過的多重用藥問題（polypharmacy）[30]。

　　於是，其中一個院舍職員的質素指標，就是看他們如何對待那些「平安藥」。如果我每問一隻藥的用途，職員只會不斷機械式地重複「要要要要要要」，那麼他們大概好打有限。比較好的，會懂得匯報甚麼藥已有好幾個月沒有用，所以不再需要，以及需要的藥用得有多頻密、要拿多少。

　　另外，還要看那些院友們經常出入醫院的原因。曾經看過一間老人院，差不多全院長者在過去兩三個月都沒有進過醫院，堪稱奇蹟，看完診之後我忍不住要誇獎那位負責的同事。院友經常出入醫院，可以是真的太多虛弱的病人，但也可以反映院舍質素。血壓驟跌、發高燒、昏迷不醒的當然要送院，但有些院舍會因為血壓高一點點、血糖高一點點便將院友送入院。見過最離譜的一次是有院舍因為院友屙爛屎而將她送入院，一問之下原來他們已經連續派了兩個星期的大便藥。

　　「你不斷給婆婆大便藥，她屙爛屎不是很正常嗎？」

---

30 《醫囑背後》第六章〈怎麼用藥〉。

「醫生，我已經停了藥，她還在屙呀！」

「停了幾多劑？」

「停好耐啦！」

「停咗幾耐？」

「呃……等我睇下先！」

「……」

「尋晚畀咗最後一次。」

「即係你尋晚派完藥，佢今朝有屙，所以送入院？」

「係呀！」

「……」

論學歷，院舍裏面最高級的是註冊護士（registered nurse, RN），次一級的是登記護士（enrolled nurse, EN），最後還有一班保健員。在當外展醫生的時候，我們見過不少 EN 和保健員在對病人的照顧及對藥物的認識上都比 RN 好，證明銜頭並不代表一切。院舍有很多保健員大概都是來自內地，他們雖然操著「譚仔姐姐」的口音，但熱誠不遜於本地出產的 RN。而且，香港的院舍有不少院友說的都是各地方言，我們看診時反而要靠這班保健員為我們翻譯。這些技能對病人的日常照顧大概比銜頭更重要。

Chapter 5

2 2 5 1

醫生，佢 chest pain 呀！

　　趕到女士這邊的收症病房，看到有兩個護士圍在一張病床旁邊轉來轉去，那個大概就是懷疑心臟病發的病人。一個護士正在為病人駁上心臟監察器，心跳和血壓似乎還好，另一個護士則在飛快地嘗試解開心電圖機那十二條捆成一團的電線，準備為病人做心電圖。

　　眼見病人的維生指數還好，我便轉入護士站，打開病人的紀錄和牌板，一邊飛快地了解她的病史，一邊複述給站在旁邊的學生聽。

　　「78 歲婆婆，中過風，有腦退化症，能作出簡單反應卻不能溝通，能用步行架走路。今天中午入院主要因為她嘔了兩遍，老院職員覺得她 decreased GC[31]。初步驗血的全血指數、肝腎功能都正常，但剛出爐的心臟酵素報告見到 CK[32] 和 Trop T 都升了很多。而入院的心電圖和以前差不多……」

　　說到這兒，在床邊正忙著的護士遞來另一張剛剛新印出來的心電圖。我將新舊兩張心電圖並排放好，開始比較兩邊的心律波形。眼球像掃描器地左右來回打量著心電圖，口繼續下意識地解說：「看心電圖跟剛才看掃描、看肺片一樣，其中一個最重要的步驟就是拿病人以前的報告作比較，看有沒有甚麼……！」

　　看到某處，我立刻打開今晚內科的 call list，找到 CCU Call 的同事名稱。我也懶得找接線生去召喚她了，直接拿出自己的手機打過去。

　　我聽著電話嘗試接通的「嘟嘟」聲，遙遠地指向心電圖：「你看她的 aVF，還有 lead II……」

這個時候電話接通了。「喂，是我呀。女人房 13 號床今天收入院 decreased GC，現在 Trop T 剛剛出爐三千多，剛拉出的 ECG[33] 出現了新的 ST elevation。」

電話的另一端傳來了一聲哀嚎，然後便聽到一把半帶哭腔的女聲：「我現在趕過來。」

掛了線之後，我一邊吩咐著護士們幫我準備心臟超聲波機，一邊在電腦上幫婆婆改藥，然後再向剛剛一直被我冷落在一旁的學生解釋剛剛發生的一切。

「那麼你認為婆婆出現甚麼問題了？」

「現在臨床的檢查都指向 inferior STEMI。」

「嗯。通常心絞痛、氣喘等明顯心臟病發在急症室老早就被發現，並送上了心臟科病房，不會在普通內科病房出現。更令人防不勝防的是心臟病有各種奇怪的發現方式。這類病人不懂得與人溝通，在病床上轉來轉去、『周身唔聚財』的樣子已經是他們能力所及的最大控訴。」我的手指在鍵盤上飛快地打字，學生則在旁飛快地抄筆記，「我自己見過一個大肥佬因為肚屙、上腹痛而入院，後來才發現是心臟病發。」

31　Decreased General Condition（GC），基本上就是說病人「樣衰咗」、「冇咗」之類，總而言之就是有點不妥當。

32　Creatine Kinase（CK），肌酸激酶，常用的肌肉酵素指標。

33　Electrocardiogram（ECG），也就是心電圖。

「我見過最奇怪的一次是發現病人的肝功能不斷攀升，其他的化驗報告卻完全沒有頭緒。後來幸好靠我的高級醫生提醒，才發現病人是心臟病導致的心衰歇令到肝酵素不受控制，但從頭到尾病人是半點心口痛都沒有。」

一把聲音從病房門口傳來，原來今晚負責 CCU Call 的同事已經趕到，直接奔向已經準備好在床邊的心臟超聲波。

我和學生一起走去床邊「欣賞」病人的超聲波影像，一邊看我一邊說：「要是真的是剛剛發現的 STEMI，那麼有 24 小時『通波仔』服務的醫院便需要急召當晚的心臟科 physician 回來。如果沒有 24 小時『通波仔』，我們便可能要先用溶血針，盡快將栓塞的血管打通。」

我見學生抄筆記抄得筆也快要被他弄斷，我只好叫他冷靜下來：「不用死記的。你當值幾次，很快便會熟習我們的運作。何況所有處理方法都已經寫在『Houseman Handbook』裏。」他這才放棄再抄，專心地看著熒光幕。

「Houseman Handbook」，正式名稱為 Handbook of Internal Medicine，由醫管局出版，內容則由所有聯網的「神枱」級顧問醫生們一同撰寫，記載了大部分內科緊急事故的應對方法，堪稱內科天書。從醫學院到專科學院的畢業試，大小醫生溫習時都是人人手中拿著一本。就算是日常當值和巡房時，有甚麼忘記了都可以偷偷看「貓紙」。

　　邊照著超聲波、邊嘆著氣的 CCU Call 望一望我，接著説：「唉，高醫生兩小時前才『落枰』離開醫院。」她用手機拍下超聲波的影像傳送給今天晚上當值的心臟專科高醫生後，呆呆地盯著熒幕，等候發落。隨著電話「叮」一聲響起，我們都立即望向她的手機熒光幕。

notify cath lab[34], im omw[35].

　　她拿起護士站的電話，致電到心臟科病房，打算著他們準備好心導管手術室：「剛剛離開便被我召回來。他待會在『通波仔』前應該會先掐死我。」

　　我拍一拍她的膊頭，安慰她説：「高醫生愛喝可樂，你先買兩罐放在 cath lab 慰勞一下他吧。最多待會兒我們吃 night food 的時候預你一份啦。」

34　Catheterisation Laboratory，心導管手術室。

35　On My Way（omw）

點解要畀錢

有一次巡房的時候，碰巧相鄰的病床幾個都是曾經試過「通波仔」（percutaneous coronary intervention, PCI）的病人。一天24小時都在病房當然無聊，因此病人很愛跟鄰床的「街坊」談天，即使沒有共同興趣，只聊共同的專科和病痛也可以聊好幾天，又或者一起說主診醫生的壞話，篤一下背脊。有一天，他們問了我一個問題：

「為甚麼他通波仔不用自費，我卻要自費？」

這將我們帶回了醫管局之內「自費項目」（self-financed item, SFI）的問題[36]。

醫管局負責為所有病人提供基本醫療，也就是說如果一種疾病本身已經有基本的藥物或方式去處理，除非因為你的病況符合某些特殊標準，否則更昂貴的選擇一般都需要自費。

---

36 《醫囑背後》第九章〈金錢世界〉。

例如甲福明（metformin）是我們最常用的糖尿藥之一，但容易引起腸胃不適的副作用。有藥廠推出了特別包裝的甲福明來降低痾嘔肚痛的機率，但價錢當然會比普通包裝的貴，所以醫管局的醫生必須先處方普通包裝的甲福明。如果病人真的出現嚴重的腸胃不適、痾嘔肚痛，我們才能夠轉用特別包裝的版本。如果病人要求直接升級，那便需要完全 SFI。

做過通波仔的病人需要在術後一年內同時服食兩款抗血小板藥，而最常見的組合大概是亞士匹靈（Aspirin）加上柏域斯（學名 Clopidogrel，商品名 Plavix）。在術後第一年，由於病人必須同時服食兩款藥物，所以兩者都是由醫管局支付。一年之後，病人可以停服其中一種，但必須繼續長期服用另一款。醫管局用的長期抗血小板藥是亞士匹靈，除了因為它較便宜，也因為它的歷史悠久，文獻記載好壞的資料也相對更充足，但在私家醫院治療的病人更常選擇長期服用柏域斯之類的新型抗血小板藥。不少本身在私家通波仔的病人被轉介到醫管局覆診時，才發覺要轉用亞士匹靈，有時候他們輕則驚訝，重則投訴。

究竟通波仔是否需要自費，也是同理。

ST elevation myocardial infarction（STEMI）是急性心臟病的其中一種，表示心臟血管栓塞的程度已經非常嚴重，也沒有自己好轉的跡象。教授常說時間就是心臟肌肉，在這些情況危急的關頭要立

即召來當值的心臟科醫生，將病人推入手術室進行緊急通波仔來救命，而這類型的通波仔我們叫 Primary PCI，也就是同事口中的「開 Primary」。由於屬於情況緊急非做不可的案例，Primary PCI 會由醫管局負責支出。

另一種叫 Non-STEMI（NSTEMI）的也算是急性心臟病發，但嚴重性低一點，只需要立即開抗血小板藥和抗凝血藥便能夠醫治。當然，這類病人的心血管通常也不會有多好，所以我們一般都建議排期盡快做心導管檢查和通波仔。由於緊急性較低，為 NSTEMI 做手術的器材費用便需要病人自理。先交按金，最後按實際使用的分量多除少補。

要是病人的財政狀況負擔不到通波仔的費用，就要動用到《醫囑背後》裏介紹過的撒瑪利亞基金（Samaritan Fund），又即是我們常說的 Sam Fund。

要是病人情況真的不太緊急，能夠先待幾個星期才做手術的話，他便需要找醫務社工進行入息審查，經由醫管局負責的部門通過審核之後，心臟科部門便會安排病人入院做手術。

要是病人的情況較為緊急，我們還有另一個方法叫做「有條件申請」（conditional application），即是讓病人先做手術，後補文件，但如果事後過不了入息審查，病人依然要在之後補回手術的全額費用。

自費藥物是千千聲，通波仔的器材費又是萬萬聲，不要說貧苦戶，即使是一般市民都未必可以輕鬆負擔。在門診，不時都會有病人聲淚俱下地哀求醫生用醫管局付費的方式開藥，說自己真的不能每月花幾千幾千地買藥。當病人發覺不能動之以情，有時候便會嘗試動之以理：「我都幾十歲人，交咗咁多年稅，我都應該拿回一點吧？」

我要開藥其實很簡單。在電腦打入藥名，用滑鼠按一按就可以，但如果我們在開藥時將自費藥物轉剔為醫管局埋單，其實藥廠也不會免費供藥，只不過是我的部門用自己部門的資金為病人付費。部門埋單，錢從醫管局那裏拿來，理論上也就是公帑，需要經過重重查核，確保用得其所，醫院各部門也會有定期審核，並不是醫生說了算。

從病人角度看，可能覺得這樣很不近人情，但這其實已經進入了公共衞生、財政分配的問題[37]。醫療技術日新月異，也就一定愈來愈貴。在醫療開支繼續攀升但財政來源卻未必能跟上的情況下，管理階層便有需要作出取捨，而這個時候便需要一些客觀的標準去決定甚麼情況應該自費、甚麼情況不應該，病情危急程度自然是其中一個重大考量。

---

37 《醫囑背後》第七章〈甚麼專科〉。

點解要食藥

再以通波仔為例。

STEMI 的病人需要緊急動手術，這個方向毫無懸念。NSTEMI 的病人可以選擇只用藥物治療，亦可選擇去做心導管檢查和通波仔，醫管局只收材料費，有經濟困難的更可以申請資助。

其實這個情況當中還有一個例外。

我跟病人解釋通波仔時，常常以香港的海底隧道作比喻，難得冠心血管和海底隧道一樣，一共有三條。簡單來說，當有一條前往心臟的主要道路堵住了，我們拿著一個大氣球去將堵路的物件撐開以打通道路，而撐的同時，當然就要將那條道路封起。如果維修需要動用到隧道本身又或者很接近隧道的大路，對交通的影響將會極大。你想像一下子封了紅磡火車站對開一帶的道路，應該會造成全港大塞車吧？同樣道理，如果做心導管檢查時發現塞了一條最大、最主要的血管，通波仔並非不可能，但風險便會提高。

如果因為甚麼地動山搖的事情，令三條海底隧道都堵了，我們依然可以嘗試封路去用大氣球將隧道撐起，但風險會再提高，也未必成功。這個時候，放棄本身的三條隧道而直接興建一條新的過海通道，可能反而更加省時、方便和直接，這就是大家平常聽醫生口中所說的「cabbage」，亦即是「搭橋手術」（coronary artery bypass graft, CABG）。在醫管局做 CABG 並不需要特別付甚麼費用，就是一般的住院費即可，但「開胸手術」這個名銜本身已經令很多人退避三舍。

不要小看心臟上面那三條小小的血管。正正因為它們非常重要，醫療科技界別一直想盡辦法去處理這三條血管的一切問題。直到今時今日，心臟科醫生依然努力地研究通波仔的相關技術，用甚麼器材通，用甚麼支架通，有甚麼技巧通……他們不斷尋找更好的方法去拯救那三條塌了的隧道。亦因如此，與其亡羊補牢去修隧道，醫生們都寧願想辦法減低隧道本身坍塌的風險。

未出事之前先嘗試降低患病風險，這叫做初級預防（primary prevention）。打疫苗、戒煙、減肥、做運動都屬於這種預防方法。

當我們已經知道患病，但用盡方法阻止發病或者避免病況變差時，這就叫做二級預防（secondary prevention）。除了用各種方法去防止心臟病病發，就連癌症篩查也屬於這個組別。這也是為甚麼第一章曾經說過，篩查的目標和對象非常重要。如果驗出了一堆原本沒有病的人，又或者錯過了一班漏網之魚，錢花了卻換不來成本效益，大概只會幫倒忙。

第三級預防（tertiary prevention）是說當病患已經發作時，我們用辦法減低疾病對病人日常生活和健康的影響，提升生活質素。中風後的復康便屬於這個類別。

當疾病已經形成和發作後，所需要的醫療費用一般都比未發病前的初級預防高昂得多。這也是為甚麼「預防勝於治療」除了是一個健康的做法，也是一個慳錢的途徑，亦是公共衛生科努力鼓吹「預防醫學」的其中一個原因。可惜，一般人會覺得每日供幾蚊去買車、買樓、買鞋、買保險很划算，但著他們每日供幾蚊去控制三高，或者每日慳一百蚊去戒煙的時候，很多時候都會雞飛狗走。

在門診見病人的時候，經常會遇上患有三高的病人。

如果他本身已經中過風、通過波仔，要處理三高一般都不會太難，因為他們曾經體驗過病發的危險，但如果遇上的是無病無痛的病人，處理便困難得多了。

三歲定八十，很多人的習慣大概在青少年時期便已經定下來。要吸煙的學會吸煙，要喝酒的學會喝酒，要運動的會做運動，像我這樣的大懶蟲大概也是從小便開始賴在床上不願起來。他們畢業後投身社會，顧著拼搏工作也沒有空閒照顧自己，去到三四十歲時開始做身體檢查，才發現自己的化驗報告沒幾項及格。

「我一向都很健康。」

這是一句常見的對白，卻未必準確。我們內科病房經常收來一些「一向健康」的病人，從 40 至 90 歲也有。當然，有些真正老當

益壯的老人家年逾古稀，卻無須服用任何長期藥物。更多時候是這班病人從來不去驗身，身體不適也從不做檢查，直到有甚麼大事需要住院時才一次過發現自己各樣機能都有問題。

即使身體沒甚麼大毛病，糖尿高、血壓高、血脂高這類慢性病都是十分常見。根據衛生署剛剛發佈的第三次全港性人口健康調查，在萬多名受訪人口中，便有一成人患有糖尿病、三成人有高血壓、五成人有高血脂，數字大概比一般大眾預期的高。

這些問題都是化驗的結果，也就是只有數字出現問題，病人自己是毫無感覺的，於是就沒有動機去處理。正如一開始所說，要一個中過風、通過波仔的病人去服血壓藥、膽固醇藥通常很簡單，才剛經歷過大病的他們，醫生叫他們服甚麼藥大概都會照做。反而單純三高的病人毫無症狀，聽過了三高藥物的副作用後，更加會覺得自己白白承受了風險卻感覺不到醫治的效果，很多時候都拒絕服藥。就算是同意開了藥，下次覆診時也會說自己其實半顆也沒有服用過，更有可能會說自己看了營養師、學了氣功、吃了中藥。從飲食和生活習慣落手當然是相當好的第一步，但即使指數在幾年間沒有任何進步，他們也會想「再觀察一下」、「下次決定」，然後重複這樣的對白，三五七年後仍然是「下次決定」，甚至會引以為傲地說：「都說了不用服藥，看我拖了五年也沒事發生。」

讀書時有一個經常被提起的大型研究叫 Framingham Risk Score，當中以歲數、有否吸煙、糖尿、高血壓和血脂的高低去計算一個人在未來十年之內心臟病發的風險。衛生署的報告用了這個計分方法去估計受訪者的風險，得出在每 1,000 名 30 至 74 歲的香港人中，有 114 人會在未來十年患上心血管疾病。當醫護的我們

也在病房裏見過太多一向覺得自己很健康的萬年煙民和三高人士，豈料第一次入院便急性心臟病發，甚至死亡，所以每一次見到這些病人，我們才會苦口婆心、不厭其煩地再說一遍：

「要乖乖服藥，好嗎？」

Chapter 6

2 3 3 3

醫生，佢唔識講呀！

　　CCU 的當值醫生剛剛已經護送懷疑心臟病發的婆婆離開病房，轉到心臟科那邊繼續監察，看看今晚用不用作其他緊急處理。我則和學生一起遊走在各病房之間收症，接收剛才一輪混亂時從急症室上到病房的新症。夜間病房內當值的護士遠比日間的少，似乎都疲於奔命地為病人上藥、換片、量度維生指數、整理文件，壓根兒沒有時間坐下，所以護士站都沒有護士了。大概因為正值冬季高峰期，不斷收到來自院舍因氣喘發燒而入院的公公婆婆，幸好他們都沒有甚麼大礙，抽一點血、處方一點抗生素便可以。

　　聽聞，在我入職以前的流感高峰期，由於實在太多人中招，所有因為發燒和上呼吸道感染症狀而入院的病人都會一律被處方抗生素 Augmentin（安美汀）和流感特效藥 Tamiflu（特敏福）。如果流感快速測試報告顯示是陰性的話，才將特敏福停掉。到我畢業的一年，正正就是 COVID-19 爆發的一年，所以我也未見過這個現象。到了今天，發燒氣喘可以是肺炎，可以是流感，也可以是COVID-19，所以我都沒有再見過人開抗生素加特敏福套餐了。

　　正當我在護士站埋頭苦幹的時候，又有一個新的病人被急症室送上來，但今次有些不同，來的是一個健步如飛、自行走進病房的女士。她穿著運動外套、網球衫、瑜伽褲，還有一對有一個大大個剔號的運動鞋，完全就是一個登山客的樣子，但現在接近午夜時分她仍然頭戴漁夫帽、眼戴黑超，還戴著工業用的口罩和手套。看了看女士的一身裝束，再用眼角看一看她的電腦紀錄，我便心中暗叫不妙。當她行經護士站時，大概因為瞥見我的白袍知道了我的身份，便忽然哭喊道：「醫生，你要幫我呀！」

　　我著護士先將她帶往病床，說了聲：「我待會再過來找你。」

Who's Hospital	Case No: WHO20197447(3)	
Accident & Emergency Department	Name: CHEUNG ████████	A&E CLINICAL DOCUMENTATION FORM
Clinical Assessment Form	Sex / Age: F / 42	

Allergy / Alert Information
No Known Drug Allergy

Triage Information		
BP 132/64	**HR**	90/min
Temp 36.3, tympanic	**RR**	12/min
SpO₂ 99% on room air		

Presenting Symptoms

Persistent dizziness for years
Headache x 2/7

Discharge Destination	Medicine

Page 1 of 1

　　我見急症室送來的收症紙沒有甚麼端倪，便按入病人的電腦紀錄。那水蛇春般長的病歷差點令我以為她有甚麼大病，但我見她都沒有甚麼定期的覆診，統統不是臨時預約的普通科門診，就是專科門診看了幾次之後就沒有再看。她因為頭暈、頭痛的症狀已經訪尋過全港所有聯網的急症室、耳鼻喉科、腦神經科，做過的化驗極為齊全，磁力共振、電腦掃描、腦電波、眼振影像都做過，不少甚至是一些我見都沒有見過的專門測試。

　　再轉入急症室的頁面，見到她差不多每隔兩天便會到急症室掛一次號、看一次診。就今天早上，她才剛剛因為氣喘而去過香港另

一端的急症室。我嘆了口氣，跟學生説：「這就是最典型的 doctor shopping。」

Doctor shopping 好像沒有正式的中文翻譯，基本上就是指病人似購物狂一樣不斷四處逛街尋找心頭好，只不過這類病人逛的是醫院、找的是醫生，熱衷於不斷去新的診所和醫院開新的檔案。而這些病人大概可以分為兩類。

第一類的病人四處求醫是為了藥。他們不少都是癮君子，又或者因為各種原因希望得到大量藥物。由於大部分醫生在處方較為危險、較容易上癮的藥物時通常都會比較「手緊」，每次可能只會給幾個星期，甚至幾天的存貨，上了癮的病人便可能覺得要連續去幾間診所，才會獲得足夠的藥物。這個情況在外國又或者私營診所可能會比較常見，但因為醫管局所有聯網的紀錄都是互通的，很少出現這種情況。

另一類的病人四處求醫並不是為了尋藥，而是要尋找「心靈的慰藉」。這些病人可能覺得自己鐵定是得到了某種病，覺得自己有很多揮之不去的症狀，覺得自己一定需要某一種治療，又或者一定需要拿到病假紙，於是，他們尋遍名醫，為的就是得到一個滿意的答覆；得不到的話，便再找下一位醫生。

舉一個更極端、叫做「孟喬森症候群」（Munchausen syndrome）的病症做例子。

相傳孟喬森男爵是一個異想天開的人，經常吹牛皮吹得天花亂墜，而患有孟喬森症候群的病人就是經常聲稱自己患有各種疾病，

對用藥、打針，甚至做手術也絕不抗拒，嚴重起來更會自殘、自我用藥，使症狀更符合自己的「病況」。

孟喬森症候群是一個真真正正的精神科疾病，需要交給專科醫生處理，但有些情況簡單一點，沒有自殘、沒有明顯精神科問題的病人也可以出現類似不斷求醫的行為，我們叫這些做 malingering（詐病），而 doctor shopping 正正是其中一種表現方式。

當然，在我們說病人「詐病」之前，必須要先確定病人是否真的健康，而不是患有甚麼一直未被發現的隱疾。要知道，malingering 的病人可以是完全健康，所有症狀純屬虛構，也可以是有點小毛病，卻將一些小問題弄得像世界末日似的。跟這些病人溝通的時候必須非常謹慎，要是一不小心，輕則唇槍舌劍，嚴重一點是被人家投訴，更嚴重的話甚至要對簿公堂。始終，沒有任何人會喜歡被指控「詐病」。

看過病人的紀錄之後，我便拿著收症紙，走向病人的床邊。那位女士看見我向著她的方向走去，雙眼馬上發光，從病床上坐起來便要跟我說話。

「醫生！我有很多問題想問！」

「請問有甚麼可以幫到你？」

話音剛落，她便已經眼泛淚光。

「我經常頭暈，這兩天又非常頭痛，我擔心我的腦袋是不是出了甚麼問題！」

「但你做過好幾次電腦掃描，統統都沒有大礙呀。」

「但我今天又頭痛了嘛！哎呀，我不懂得形容啦！」

「其實是不是有甚麼疾病你是特別擔心的？」

「我擔心有腦癌呀、中風呀！」

「為甚麼呢？」

「電視上經常都說我這個年紀中風極度常見！而且我有一位舊朋友，之前就是頭暈和看東西有重影，之後才發現患上腦癌，她還剛剛走了！」

「中風是常見，我也可以照樣幫你檢查，但你的症狀似乎不太吻合中風。何況你早兩星期才做了一次磁力共振的腦掃描，就算大吉利是有腦癌，也大概不會在兩星期之內忽然從無變有吧？」

「再照一個電腦掃描不就保險一點嗎？」

「大腦的電腦掃描基本上就似舊式電視機，看東西都是起雪花的，大腫瘤、大中風、大出血那些問題都會看到，但要看微小的變化就要交給磁力共振。怎麼可能會有電腦掃描看到而磁力共振看不到的問題？」

「是這樣的嗎？但我這陣子真的一想起這件事便作嘔作悶，醫生你一定要幫我呀！」

「那你今天晚上來到這裏其實還想我怎樣幫你？要做的檢查你都做過了啦。」

「我真的很擔心有事呀！擔心得我每天喘不過氣來。」

「你之前有看過很多其他地方的醫生了吧？」

「就是之前看過其他醫院的醫生都說我沒事，但我真的覺得自己的情況很奇怪！就是因為這樣我才過來找你們呀，我有朋友說這兒的醫護都很好的！」

說罷，她從背包中拿出一袋二袋不同私家醫院的報告，有血報告也有掃描報告，大部分都是以前已經有紀錄的。我看完那差不多比醫書還厚的文件之後，抬頭望一望，她似乎是希望我能夠像電視劇中那些神醫一樣，忽然靈光一閃，解答她所有的問題，也找到一個疾病能夠解釋她的症狀。診斷其實不是沒有，但絕對不是她在尋找的理想答案。

「你覺得你從小到大都是容易緊張的人嗎？」

「大概有一點兒吧。」

「有沒有試過無緣無故便心跳加速，手心冒汗地緊張起來？」

「又好像沒有……」

「其實你花了這麼多錢去做不同的檢查，又每天去不同的醫院，每天的工作就是找醫生看，你不覺得有問題嗎？」

「人總應該要緊張自己的健康吧！」

「但如果天下間的檢查報告都不能夠令你信服的話，會不會有點過慮了？」

「你想說甚麼呢，醫生？」

她大概估計到我之後打算說的話，也知道我不會是她想要找到的救世神醫，便忽然收起了笑容，語調也冰冷起來。

「要是做過這麼多檢查都找不到實質上的病症，我們便要考慮，究竟你的症狀有多少是來自你緊繃的情緒。」

「你是想說我瘋了吧！」

「絕對不是。精神科的疾病其實不少都是由身體各種分泌失調而導致，但我也認識不太多，而正正是因為我們的不了解令到大家都覺得精神病不是真正的病，更誤以為精神科的病人只不過是發瘋。」

她一臉鄙視地望著我，我嘆了口氣便繼續說。

「胰臟分泌的胰島素出現失衡可以導致糖尿病，神經系統分泌出現失衡也可以導致情緒變化。找出病來便可以對症下藥，不是一句『瘋了』就算。」

「我不認為精神病可以導致我身體那麼多的症狀……囉！」

「那麼你就太小看我們的大腦和情緒了。有驚恐症的病人病發時，病徵甚至可以和心臟病發一模一樣。就算退一萬步來想，你十個症狀裏面，如果其中七個是來自情緒的問題，那我都要先醫好那些問題，才能夠讓醫生好好研究餘下的症狀嘛！否則，症狀大雜燴，你叫醫生如何斷症呢？」

「那麼今晚可以做甚……」

就在這時，我那該死的醫院電話又再響起了。

「不好意思，我要先聽這個電話。」我先跟病人道歉。拿起電話一看，來電顯示上面寫著「腦神經科病房」，心裏面已經響起了粗口。

「喂？」

「喂！Stroke call 呀！病人在海濱長廊暈倒了，由路人目擊報警，當時大概十點多。病人在救護車上醒來，left hemi [38]，現在正趕來急症室。」

「我現在馬上過來。」

我放下電話，向病人説了一聲：「不好意思，我有急事要先行離去。待會兒我們先幫你安排做一些簡單的檢查吧。」雖然病人依然一臉不滿，但大概也放棄了爭論。

38　Left hemiplegia 指左半邊身癱瘓無力。

　　我對著當值護士大喊了一句：「Stroke call ！待會兒再回來收症！」也不等她們回覆，我便向病房門口急步走去。

　　我見學生還在我身旁默默跟著我，抬頭一看卻發現已經差不多午夜，便擰轉頭跟他說：「你不用回家嗎？很夜了啦。今次大概沒有機會吃 night food 了，早點回去睡吧，不用再跟著我了！」

　　他的眼神卻像剛才那位女士一樣閃閃發光，沒有半點疲倦地說：「不！難得有 stroke call 可以看嘛！沒關係的！」

　　想當年我也像他一樣，第一次見到甚麼急症都很想去觀摩，但現在真正開工後，卻發覺至理名言只有一句：「年輕人，有得食就好食，有得瞓就好瞓，開工之後大把機會慢慢看呀……」但我也知道，就似當年的我一樣，他也真的豁了出去不打算回家了，我也無所謂，便帶著他一起急步飛奔往急症室去。

學做病人

　　每間醫院的內科部門都總會有一兩個所有同事都認識的常客，每次提起他們的名字，大家都能夠對他們的病史倒背如流。我們一般都不太喜歡因為瑣碎事情來急症室要求入院的病人，就似《伊索寓言》中《狼來了》的故事一樣，村民總不會喜歡每天來大喊大叫的小男孩，但有時這個常客可能並不是有心撒謊，正如 H 先生。

　　H 先生就是我所工作的醫院的常客。獨居的他本身有點腦退化，又有點酗酒，也是一位長期煙民。吃了幾十年的煙，肺部都被破壞了，更患上了慢阻性肺病，所以他經常因為痰多、咳嗽和氣喘到急症室求醫。其實他本身也有到呼吸科覆診，但總是忘記自己要定時使用噴劑和藥物，肺病不斷發作，他就不斷到急症室。噴幾下藥，他覺得好一點，便又會消失於人群之中，不帶走的除了那幾片雲彩，還有那幾支肺病噴劑。

　　H 先生每隔一兩天便會來醫院，比在這兒上班的人更準時。有時「勤力」一點，他還會一天來登記兩三遍，等得不耐煩了便去散個步，回來再登記，再排一遍。

　　《狼來了》故事中的村子最終真的迎來了大灰狼，H 先生也不是每次氣喘不適噴兩下藥就能解決。即使他大部分時間都只不過是肺病發作，但他這許多年來也曾經試過心臟病發、細菌入血，甚至患癌，但基本上他每一次到醫院都只懂得說自己氣喘。就這樣過了

很多年，神奇地我們對 H 先生從討厭慢慢變成了習慣。有幾次見他很久沒有來急症室，我們還會擔心他出了事。

這個故事的教訓可不是叫大家衝急症室衝到醫護習慣為止，而是想說「如何做一個病人」其實也是一個很切身的課題。這類心理學、精神醫學絕對不是我所擅長的。從醫學院到今時今日，我的腦海中只剩下兩個模型。

第一個模型叫 Five Stages of Change，老套點翻譯就是「行為改變五階段」。

● **Precontemplation**：第一階段，病人甚麼也沒有準備，甚麼也沒有想。以戒煙為例，在這個階段的人連戒煙的打算也沒有，依然繼續吞雲吐霧，也不覺得有甚麼問題。

● **Contemplation**：第二階段，開始出現了改變的意欲，想要改變但未開始，也就是「得個諗字」。雖然未有行為上的改變，但心態已經開始轉變。

● **Preparation**：第三階段，下了決心要做了，可能要做點功課，計劃一下如何改變，例如去買戒煙糖、參加健身課程之類。

● Action：第四階段，改變開始了並且有持續性，開始去健身節食、戒煙。這是一個脆弱的階段，往往需要更多的支持和鼓勵。

● Maintenance：第五階段，新的行動已經維持了相當的一段時間。現在需要的已經不是「如何作出改變」，而是「如何維持現狀」。

市面上很多教導人如何作出正向改變的書本和資訊，但大概很少人有提及這個模型也適用於醫療界。我們在門診經常勸人運動、戒煙、戒酒、戒油鹽糖，卻屢屢撞板，首先我們要做的就是看一看病人現在究竟處於甚麼階段。

如果病人是處於 precontemplation 階段的話，醫護同事再浪費十分鐘的口水也不會成功，因為病人根本不覺得現況有任何問題，也就是我們以前說過的「無 insight」。說到這裏，我的腦海中已立刻浮現了近來見過的一些堅拒戒煙、戒酒的病人。當他們說「我食咗幾十年都無事！」，而我們在這個時候和他們理論，大概只會化為一個讓他們練習粗口的機會，最後大家勞氣，不歡而散。這也是為甚麼有醫生教過我們，要叫病人戒煙，除了教育市民有關吸煙的壞處，還有一個聽上去極為無聊的好方法，就是每次都要「哦」病人，就似唐三藏去「哦」孫悟空一樣。每次見面也叫他戒煙，叫病人的家人一起這樣做，重重複複，周而復始。每次我們都不期待會奏效的話，很可能某一天那個病人忽然靈光一閃就會開始戒煙，繼而來到 contemplation、preparation 這些階段，到時候我們再慢慢提供不同的改變方法也未遲，因為如果一個人根本不希望改變，我們說甚麼都只不過是對牛彈琴。

當病人成功作出改變，血糖控制得好了一點，膽固醇低了一點，體重也進步了一點，這個時候我也真的會在診症時讚一讚那個病人，給他一點鼓勵。始終無論病人在哪一個階段，他都可以彈出這個循環，進入第六階段「復發」（relapse），並放棄改變，這樣便會前功盡廢。雖然見到一個乳臭未乾的醫生稱讚年紀比自己大兩三倍的病人好像有點彆扭，但病人們又好像相當受落。

第二套模型比較出名，叫作 Five Stages of Grief（悲傷五階段），五個階段分別概括了五個人類面對悲傷時的反應，包括否認（denial）、憤怒（anger）、討價還價（bargaining）、憂鬱（depression）和接受（acceptance）。在醫院外，這五階段可以是形容一個人考試肥佬、失戀等不幸遭遇；在醫療界，病人面對突如其來的診斷或親朋好友的離去當然都會出現這些感受。有時不是太嚴重的情況，只是簡單一個膽固醇過高的消息也可以見盡這五個情緒。

「吓！我唔係有做運動、無食肥膩嘢，無可能㗎喎！」

其實膽固醇高並不全然與運動量和食物有關。現在白紙黑字寫清楚膽固醇的水平，旁邊還印上一個小小的 H 字，說明數字過高，我也只不過是將數字讀出來嘛，否認也改變不了事實啊。

「上次醫生又話唔洗食藥，你哋玩晒啦！搞到病人我好亂呀！」

其實很多時候，數字和文獻只能用作參考，對病人的要求有多嚴格其實真的很看醫生的取態。有時候醫學上的數字也真的沒有一條明確的及格線，的而且確會令人無所適從，病人憤怒也是情理之內。

「醫生，我可唔可以唔食藥，睇多次先呀？」

這個回應大概是最常見的了。應承醫生會戒口，會做運動，説下一次再驗血。但不少病人都明日復明日地抽了好幾年血，依然討價還價說：「睇多次先呀？」

「唉，年紀大機器壞啦。」

簡單的膽固醇問題大概不會令人嚎哭，但也不時會見到病人在我面前感嘆歲月催人老，表情忽然憂鬱起來，充滿悲愴。

「唉，食啦食啦。」

禮成。

Chapter 7

2 3 5 2

醫生，stroke call 呀！

當我們剛剛趕到急症室的門口，就見到救護車那藍色的閃燈正由急症室門外的迴旋處轉入，stroke nurse 也已經拖著她那載著「中風專用法寶」的小型行李箱站在門口迎接病人。

香港現在流行説「KPI」（關鍵績效指標），説的是衡量一個服務成功與否的量化指標。在醫院，特別是對中風、心臟病等急症，自然也有各部門自己的 KPI。抵達急症室之後要多久才能完成檢查，要多久才能做到掃描，合資格的人要多久才能注射到溶血針……這些統統都是我們要追求愈快、愈準確、愈好的目標。所以理論上一接收到 stroke call 的時候，負責當值的醫生和護士理應立即拋下手上的所有工作，立即衝向急症室，寧願我們等病人，也不要病人等醫護。

一輪前呼後擁之後，這名中年女病人便連人帶床被送到急救房中。腦科護士不浪費一秒鐘，已經為病人做著腦神經檢查；急症室護士馬不停蹄為病人打鹽水豆、開病人檔案；旁邊還有另一位急症科的醫生已經為病人安排大腦的電腦掃描。

小島學堂有位退休教授在上課時最愛説：「Where is the lesion?」

腦神經系統錯綜複雜，從大腦出發的神經線沿著頸椎和脊骨向下延伸，到達適當的位置時再向左右伸出分支，這些分支到達手、胸、腰、腿，負責傳遞全身上下的感覺和控制所有肌肉。差不多每一種腦神經疾病都有它影響神經的規律，有只影響上段神經的、只影響感覺神經的、只影響肌肉的、只影響小腦的、只影響下半身的、只影響左半身的……因為這些獨特隱藏的規律，理論上我們能

從一個完整的腦神經系統身體檢查去定位疾病影響的地方，聽上去神奇，但絕對是醫學生的夢魘。

就以中風為例，影響的是半邊身？面部肌肉？還是小腦協調？每一個症狀都指向腦袋不同部分的中風，也會影響我們治療的方向。就算是我們去考專科試，腦神經系統的試題最終也要解答「where is the lesion」，而這也正正是為甚麼腦科護士需要爭分奪秒地為病人做身體檢查。在中風初期的黃金時間，症狀甚至比掃描能夠為我們帶來更多資訊。

就在腦科護士為病人計分的時候，急症室的同事卻抓著頭皮、面有難色地向我走過來。

「你是 medical MO 吧？」

「對呀，有甚麼事情？」

「電腦掃描已經做好，但我們找不到病人的 ID。」

「吓⋯⋯」

當有病人沒有帶同身份證來到醫院，通常我們都能夠開一個暫用的病人檔案，又或者叫病人先自報號碼，之後有正本核實後才將資料轉回本身的病人檔案當中。問題是，當我們希望為病人打溶血針的時候，首先當然要符合「黃金時間」的資格，但也要從他們的病史中確定病人近期沒有試過出血、做手術，也沒有在服用抗凝血藥，否則打溶血針的風險便會大大增加。

　　沒有身份證，不能拿到正式的病人檔案便看不到病史。我馬上轉過頭望向病人，見腦科護士已經完成了身體檢查，電腦掃描的報告也已經出爐，分數似乎符合打溶血針的資格，但中風正正影響了病人的溝通能力、手部能力，就連神志也有點迷糊。

　　我和護士不斷拍打著阿姨，不斷重複問著「你叫甚麼名字」、「你知不知道你在哪兒」、「你知不知道現在是甚麼時候」。時、地、人，是我們最快能夠估計病人神志有多清醒的方法。可惜，阿姨只能夠「咦咦哦哦」，完全組成不了一句完整的句子，甚至連一個可以辨識的字詞也聽不到。我倆當機立斷，既然病人說不了，我們只好——「撳」！

　　在急症室同事的幫助下，阿姨極速換上病人服。在旁的我接過阿姨的衫褲鞋襪之後，便發了瘋似的將所有口袋反轉、剪開，嘗試從身上的物件尋找與阿姨身份有關的蛛絲馬跡。我連阿姨的內褲也沒有放過，誰曉得她會不會有在內衣褲上繡名字的習慣，但最後只找到幾個銅錢、一個小小的佛牌，還有一部舊型號的智能手機，身上沒有銀包，更沒有身份證。我拿起智能手機按來按去，按不到緊急聯絡人，也解不了鎖，得物無所用。

　　我們一眾醫護圍在床邊，看著仍在「咦咦哦哦」的阿姨一籌莫展。牆上電子鐘的秒數一下一下的跳動，從阿姨 last seen well 的時間到現在已經過了個多小時，難道我們就這樣看著病人失去打溶血針的資格嗎？

　　腦科護士當然不會就此放棄。她不再問病人的時與地，只是不斷地問「你叫甚麼名字」，重重複複，希望有一次能夠捕捉到阿姨

神志清醒一點的那一剎那。皇天不負有心人，當眾人圍在床邊像唸咒語一樣不斷問她「你叫甚麼名字」，阿姨忽然發出了一絲聲響，而那聲響終於不再是「咦」或者「哦」。

「Lau…yin…seen…」

那幾個疑似名字的音調已經是我們最大的曙光。我馬上走到電腦旁邊，嘗試用那個名字的不同拼音去尋找病人紀錄。幸好病人的姓氏不是陳李張黃何，否則那個病人清單大概會有三呎長。

「劉⋯⋯不是⋯⋯勞⋯⋯柳？ Lau？Lao？」

「煙？燕？賢？怡？」

「這個是男人⋯⋯」

「不是這個⋯⋯這個九十多歲了⋯⋯」

「這個年齡符合，但在洗肚的，肯定不是她。」

找了好幾分鐘，終於找到一個檔案似乎與病人的名字和年齡相符。我們打開檔案的個人資料頁，裏面找不到病人的電話，卻標記著一個緊急聯絡人的聯絡方法。我一邊在電話上按入號碼，一邊盤算著對白，要不然必定會被誤以為是詐騙電話。

等了良久，電話終於接通了。

「喂？」

「喂？你是誰？」

「這裏是誰人醫院急症室，請問你是柳燕仙[39]的家人嗎？」

「呃⋯⋯是的，我是她的女兒。」

「我們急症室收到一位病人疑似你媽媽。請問她是不是用著一部舊三星電話？」

「吓！是呀！她用的是我的舊電話！」

「你介不介意現在立即打電話給你媽媽，確認一下我們面前的病人是不是你媽媽？」

「好！好！好！」

我聽到在電話另一端的那位女士在電話鍵上飛快地按入號碼。過了幾秒鐘，放在病人床邊的那部智能電話響起了。我接通了那個電話，另一端傳來了一把熟悉的女聲，語氣帶著焦慮地說了一聲：「喂？」

「女士你好，這裏是誰人醫院。」我冷靜地說了句。

「我媽媽發生甚麼事了？」女兒的聲音開始跑調，大概已經在強忍淚水。

「你媽媽剛才從海濱長廊被送來了我們這兒。請問她一直以來是不是都在公立醫院看診，沒有在私營診所長期覆診或者服藥？」

時間太過趕急，我連安慰的話也説不了半句，就連「你媽媽現在情況穩定」似乎也太過樂觀。

「沒⋯⋯沒有。」她説。

「這就好了。詳細情況我交給我們的護士向你交代，我要先行馬上處理你媽媽的情況。」説畢，我將電話轉交身旁的護士，右手用滑鼠飛快地在電腦上查閱病人的紀錄，左手已經在用醫院電話致電我們今晚當值、專門負責急性中風的腦科醫生（stroke physician）。

「沒有手術⋯⋯沒有出血⋯⋯哎呀，快點聽電話啦⋯⋯沒有癌症⋯⋯沒有薄血藥⋯⋯」

終於，電話接通了，傳來的是腦科醫生那睡意濃濃的聲音。

「喂？」

「喂！我是今晚當值的誰醫生呀！剛剛有一個 stroke call！66 歲女子，last seen well 大概十點鐘，good premorbid [40]⋯⋯」

「好好好，冷靜一點，慢慢講。」

39　這個名字絕對是我自己想出來的。如果讀到這兒的你真的叫柳燕仙，真的很抱歉，我是祝福你身體健康，長命百歲的。

40　Premorbid 是指病人本身的身體狀況。如果病人本身情況不好，打溶血針的好處便不太大了。

　　接下來的五分鐘，我連珠炮發地將剛剛發生的事情和病人的病史都報告給專科醫生聽，也沒有時間理會他在凌晨時分被人叫起床，神志是否清醒得可以消化到我說的一切。專科醫生聽完我的匯報後，拿起自己的醫院平板電腦，馬上查看病人剛剛照的電腦掃描。

　　「嗯……好，你跟家人商量打針吧。」

　　我們做的一切，就是等這一句。我掛掉了電話，立刻便和病人的女兒解釋病況，解釋甚麼叫溶血針、有甚麼風險和用處。雖然時間趕急，但我都特意放慢了語速，始終這是一個生死攸關的決定，也是一個有風險的治療。我聽到坐著計程車趕過來醫院的女兒正在啜泣，擤了一下鼻涕之後，她說了句：「好。」

　　我向腦科護士示意，她便立即打開裝著「中風法寶」的行李箱，拿出相關的文件和藥物，馬上計算應該注射的分量和稀釋藥物。一輪熟練的操作之後，護士已經為病人注射了第一針溶血針，並將剩餘的分量掛在床邊的鹽水架上，讓它在未來的一小時慢慢滴完。看著鹽水袋下面的開口在一滴一滴地流著，我們才終於舒一口氣。這時才有心情看一看牆上的時鐘，我們原來是僅僅趕及了「黃金時間」。

　　我打開急救房的門簾向外走去，深深吸了一口氣。幸好剛才一直沒有其他事情發生，要不然也不知道如何分身是好。我望向急症室另一端的候診室，見到有半個候診室都是在玩著電話、看著電

影的人。有一個穿著白色背心的大叔，左手倚在牆上，右手拿著電話。他連耳機也不用，直接開擴音看著手機影片，令整個候診室也一起聽著《中年好聲音》。

這時候，急救房內的病人和醫護都已經收拾好了行裝，準備出發。我搖了搖頭，嘆了口氣，便和腦科護士一同護送那個中風的姨姨到腦科病房去繼續監察。

前往病房途中，我、學生、護士和病床上的病人一行四人擠在升降機裏，享受著醫院晚上的安寧。我閒著沒事幹，便拍一拍病人，打算又考一考她的時地人。

「喂！你知道我是誰嗎？你知道這兒是甚麼地方嗎？」

阿姨醒一醒，眼眨了一眨，望著我。

「醫生⋯⋯醫院⋯⋯」

治療中風

　　首先，中風有分缺血性（ischaemic）和出血性（haemorrhagic）兩種。平常大家聽到甚麼「黃金三小時」、「溶血針」，說的都是針對缺血性中風的治療。

　　缺血性中風，顧名思義就是「無血到」，而原因也可以有很多。如果供給大腦的血管像冠心血管一樣出現栓塞，可以造成中風。如果有外來的東西飛入大腦的血管將其堵塞，也一樣可以導致缺血性中風。而這些外來「東西」的源頭，其中一個最常見的地方就是來自心臟。

　　中學讀生物科時有句口訣叫「上房下室」，說的是心臟其實像一個「田」字一樣被分成了四個部分，上面的是左右兩個心房，下面的是左右兩個心室。心臟的跳動其實由右心房的一堆特製心臟細胞發起。這堆細胞像中樞電腦一樣，定時且有規律地向包圍著心臟的電線發出訊號，電流去到的地方就會收縮，造成一下一下的心跳。

　　因為各種不同的原因，這些電流可以出錯，心跳可以太快、太慢，也可以亂跳，也就是平時常說的心律不正（arrhythmia），而在心律不正裏最常見的一款則叫作心房顫動（atrial fibrillation），簡稱AF。

　　患有 AF 的病人的心房經常會忽快忽慢地不規則跳動，不受正常的電腦和電流控制，血流便會因此不暢順，導致頭暈、心悸等不同症狀。在心臟科的領域裏有不同的手術、藥物能夠嘗試將心跳撥亂返正，但我們更加著重的是這個病能夠形成血塊的特徵。

　　在正常的心臟跳動循環中，理應心房先行收縮，將血泵進心室，然後心室收縮，再將血液泵向身體各處，最後兩者一齊放鬆，讓已經走遍全身的血液流回心臟。AF 患者的心臟，因為心房和心室的收縮沒有規律，血液便不能暢順地向同一方向流，有些血液甚至會不能離開心房，就留在裏面結成血塊。久不久終於來一次正常的心跳，血塊便會隨著血流被泵出心臟，最怕的就是向上直飛，直達大腦，塞住血管，造成中風。

────────────

　　這正正是為甚麼向普羅大眾推動有關中風的教育時，我們需要經常不斷強調那黃金時間（大概就是 3 至 4.5 小時），也不斷會重複問病人究竟甚麼時間「last seen well」。Last seen well，即是病人最後被見到完全正常的時候。如果病人是一覺睡醒就發現中風的症狀，這種就叫做「wake up stroke」，last seen well 的時間就會是昨天晚上病人上床睡覺的一刻。

　　如果病人的病歷和病史符合資格，我們便會和病人或其家人商討注射溶血針，希望能盡快將血塊打散，恢復大腦的血液流通。缺血的時間愈少，受影響的大腦細胞「仲有得救」的機會便愈大。

溶血針旨在將血塊打散，但藥物當然不會懂得選擇只打大腦的血塊，所以其實全身整體的出血風險也會增加。當時間漸久，血塊已經開始「堅硬」起來，症狀能夠康復的機會便愈低，而溶血針能夠有效打散血塊的機會也愈低。針打了下去，血塊溶不了，卻白白承受了出血風險，這就是為甚麼了解病人中風的病發時間如此重要的原因。

100 人打溶血針，大概 30 人會有好轉，有 60 人沒好沒差，但就有大概 6 至 8 人會出現腦出血，甚至會有 1 人死亡。不少時候在急症室見中風的病人和家屬時，他們經常嘗試把告訴醫生的病人中風時間推後，務求令病人符合資格讓醫生打溶血針，其實這是非常危險的。

記住，誠實就好了。曾經有個腦科醫生跟我說過：「試問有哪一個專科、哪一個治療，可以因著幾分鐘之內的決定而影響一生？」你要相信其實醫生比你更希望、更緊張病人能否落藥。

預防中風

　　根據美國的數據，每四個中風病人便有一個是由心房顫動引起，所以如果能夠用藥減低血塊形成的可能，中風的風險便會大大減低。

　　20世紀剛開始的時候，獸醫們久不久便發現有動物會忽然流血不止至死。後來，有人從植物的成分中加工製造出一種能夠將血變得「稀薄」的物質，成為了第一代的薄血藥（anticoagulant）。一開始的薄血藥並不是用來醫病，而是用來當老鼠藥，時至今日依然相當受歡迎。維他命K是製造凝血因子的一種相當重要的物質，而傳統薄血藥就是透過影響維他命K的運作而達成薄血的效果，當中最著名和常用的一款就叫做華法林（warfarin）。

　　醫學界直至今時今日已經累積了差不多七十年使用華法林的經驗，除了可以用來減低心房顫動病人的中風風險，也可以治療其他會導致不正常凝血的疾病，但對真正使用過華法林的病人來說，其實華法林的問題也很多。要用一個字概括的話，就是——煩！

　　華法林是透過抑制維他命K而達到減少凝血的效果，所以用藥的病人都要戒口，盡量不吃太多含維他命K的食物，以免影響藥效。在臨床上，我們會使用一個叫INR（International Normalised Ratio）的凝血指數去監察華法林藥效的高低，INR太低即是有凝血風險，太高代表容易出血。而且華法林與不少藥物相沖，不少病人

都會因為感染、飲食、用藥而導致 INR 又高又低，所以我們通常都會著病人每隔一兩個月便抽一次血檢測凝血指數，也有不少病人會收到醫生致電需要再次調校藥的分量。而且，華法林見效緩慢，INR 要大概三數天才會達至穩定水平。

如果有正在服用華法林的病人需要進行各種大小手術，很多時候需要預早跟醫生約好時間，先按醫囑停藥，然後入院，每天抽血確保 INR 降至合適水平，期間又要打薄血針去確保沒有血塊形成。在手術後可以繼續吃華法林，卻又要等三五七天才能令 INR 回到穩定狀況。又要勞師動眾，又要擇個良辰吉日，為的可能只是做個腸鏡、剝幾隻牙。

就是因為華法林麻煩，近十幾年醫藥界推出了幾款新型口服抗凝血藥，統稱 novel oral anticoagulant（NOAC）。這些藥物不再需要透過驗血來監測藥效，只要腎功能許可便能服用，腦出血的機率甚至比華法林低。NOAC 的藥效更快見效，有需要時停藥便可以，用藥也較華法林容易，但因為 NOAC 始終是新型藥物，它們也有自己的壞處。

第一，如果病人因為甚麼意外大出血，我們只需要為他注射維他命 K、輸血漿便能夠解開華法林的藥效，非常方便。在眾多 NOAC 中，只有一兩款有自己的解藥，而且那些解藥更貴，也更難得到。

第二，腎衰歇、有金屬心瓣、正在懷孕等的病人並不適合使用 NOAC。

第三，因為 NOAC 的專利權未過，所以普遍藥價偏貴。在醫管局內，所有需要薄血的病人都必須先試用華法林，只有符合特別要求的病人才能轉用 NOAC，而不符合資格的人士要用 NOAC 就必須自費。

其實，NOAC 現在的價格好像已經比幾年前便宜了一點，但對一般升斗市民來說，每月要多用一千幾百蚊去買藥可以是相當沉重的負擔。在門診見到心房顫動的病人時，他們不少都會問我究竟要符合甚麼要求，醫管局才會替他們的 NOAC 付錢。道理其實很簡單，也很複雜，就是要計分，計的是一個叫 CHA$_2$DS$_2$-VASc 的分數。

這個簡寫不似簡寫的名稱，其實就是每一個計分項目的字頭，包括了：

- 心臟衰歇　　Congestive Heart Failure
- 高血壓　　　Hypertension
- 歲數　　　　Age
- 糖尿病　　　Diabetes Mellitus
- 中風　　　　Stroke / Transient Ischaemic Attack
- 血管疾病　　Vascular Disease
- 性別　　　　Sex Category

　　每中一個項目，病人便會得到一至兩分。分數愈高，每年中風的風險便愈高。而在醫管局裏，如果病人得到五分或以上，便能由醫院資助去購買 NOAC。

　　曾經在中風病房見過一個阿姨，她本身患有心房顫動，一向自費購買 NOAC，但又經常因為價錢的問題而自行減藥，又或者每隔一兩天才服一次藥，覺得這樣就可以在藥效和金錢上拉個平均。這樣的服藥方法令她最後還是中了風，幸好症狀不太嚴重，還有復康的空間。

　　顧問醫生在大巡房時，有一個問題一定會問所有病人一次，就是中風的原因，他們有的可能是大腦血管栓塞，有的則可能是心房顫動。

　　巡到阿姨的床前，駐院醫生便向顧問醫生稟報：「她本身患有心房顫動，用著 NOAC，卻因為金錢考量而時服時不服，相信是導致中風的主因。」

　　「那之後怎麼辦？」

　　「中風加兩分，她現在夠分吃 NOAC，不用再自費了。」

　　顧問醫生嘆了口氣，只好和駐院醫生相視苦笑。

資源分享

風起航 WeRISE

「風起航」App 是一個專為中風康復者及其照顧者而設的流動應用程式，目的是協助中風康復者減低再次中風之風險並加強家人及照顧者的照顧能力。

此流動應用程式以一站式平台的形式提供以下主要功能：
- 記錄患者健康指數，方便回顧
- 提供有關預防及管理中風資訊、實用照顧貼士，如教學影片等
- 提供資源地圖，包括詳細的醫療、院舍資訊
- 獲取最新預防中風活動資訊

大家可以掃描以下 QR code 下載「風起航」App，了解更多有關資訊：

Smart Rehab 中風復康智能治療師

SmartRehab 是一個人工智能驅動的遙距康復平台，利用數碼裝置的內置鏡頭，便可偵測人體動作，指導患者進行康復訓練，並即時回饋糾正。患者的表現數據將發送給遠端的治療師進行監測。在遙距系統網站上，治療師可以根據患者的需求和進度調整復康運動日程。

SmartRehab 讓患者每天可以安坐家中進行有效的自我訓練，增強康復體驗和臨床效果。有興趣的讀者可掃描以下 QR code 查看更多詳情：

Chapter 8

0122

醫生，病人好亂呀！

剛剛的中風病人抵達腦科病房時，神志已經清醒不少，也能夠說一些簡單的句子。在收症期間，阿姨的女兒也趕到了病房，我簡單地交代了一下阿姨的情況便離開，免得阻礙她倆。

正當我帶著學生回到辦公室，電話又再響起，傳來的是護士長的聲音。

「喂！飯菜放涼了，我剛剛都已經翻熱好了。」

「太好了，『媽媽』！我現在就帶學生過來！」

「呸！不要把我叫老十年。你那個學生怎麼還未走呀，你放過人家吧！」

「不關我事啦！他剛才說要看 stroke call。」

「喂，吃飯前先說正經事。」

「又怎麼了⋯⋯」

「我有個病人現在很 delirious，鹽水豆也打不了，但剛剛 CT 打來說可以落去照緊急掃描了。就麻煩你幫忙 escort 打藥了！」

「噓！又說叫人吃飯！現在過來啦。」

說罷，我又帶著學生向病房走去。剛好走到病房大門，我的電話又響起了。我向著護士站大叫：「我這不就來了嘛！」

護士長卻說：「不是我打給你啦！」

我嘆了口氣，接通了電話，原來是我的同事。

「喂！是我呀！今天晚上是我在歡樂醫院當值，有些『好消息』要跟你說！」

「你見鬼去吧。三更半夜能有甚麼『好消息』，有屁快放！」

「我有個 cirrhosis[41] 的病人，嘔 coffee ground 兼屙『瑪蓮娜』，血壓也已經開始低……」

「來吧來吧，轉過來吧，我這就去看今晚 GI physician[42] 是誰……」

「嘻！我這就去安排。」

歡樂醫院是本區聯網的復康醫院。在復康醫院，要是當值期間發生了甚麼急事，當值醫生便有可能要將病人轉送回急症醫院處理。我跟學生說：「救護車轉送病人需時，就先處理好要照掃描的病人吧。你可以幫我拿打鹽水豆需要的所有用具嗎？」

我也趁這點空檔，看一看病人牌板，弄清楚他為甚麼需要照掃描。

41　肝硬化。
42　我們常稱呼腸胃科醫生為 GI 醫生。

要照掃描的伯伯今天早上才由他的家人送入醫院，說他近幾個月來的記憶愈來愈差，有時煲水忘記關火，有時出外又找不著回家的路。家人一直以為這些都是伯伯年紀漸長而出現的小毛病。直至今天早上，伯伯到浴室想小解，卻只站在馬桶旁邊，就好似完全忘記了如何上廁所一樣。想著想著，他大概連自己想小便都忘記了，一放鬆，尿尿便已經流滿一地，他還被自己的小便滑倒，跌坐在地上。家人見狀覺得伯伯的情況不妥，於是便召來救護車將伯伯送院。

我走到伯伯床邊，學生已經在那兒拿著鹽水豆等著我。雖然時間已經到了深夜，但伯伯依然非常精神，不斷大叫「姑娘，飲水！」、「姑娘，我要回家！」之類的。當我拿起他的手想為他打鹽水豆時，卻發現他雙手已經滿佈血跡和包上紗布，還有幾大塊瘀青。

「對呀，他已經拔掉了我們好幾支鹽水豆，就算戴著『波板糖』[43] 也是一樣。真叻仔呀！」在旁看著的護士長打趣地說。

我一邊打量著伯伯雙臂去尋找其他血管，一邊語重心長地跟學生說：「打豆容易護豆難呀。」

打好了鹽水豆，我便緊緊拖著伯伯的手，將伯伯護送到掃描部。這個看上去浪漫的畫面，其實只不過是我不想再見到鮮血四濺，更不想再為伯伯打豆。在照掃描前，我為伯伯注射了一點輕量

43　一對沒有手指形狀的手套，專門為亂拉亂扯的病人佩戴。

鎮靜劑，不然的話掃描上便只會見到一個舞動的頭骨，半點也看不見伯伯的大腦。隨著放射技師熟練地按著掃描機的按鍵，伯伯的大腦影像也一片片地出現在電腦熒幕上。

電話鈴聲再次響起，真的夾時間也沒有這麼準確。

「喂！這兒是女人房呀！」

「嘔血的那個病人到達了嗎？」

「對呀！」

「好，我這就過來。」

我拜託放射技師幫我找人送伯伯回男病房後，便向女病房走去。

醫生難審家庭事

　　世界上不一定每一個家庭也能融洽相處。我只不過當了醫生短短幾年，就已經見證過無數的家庭糾紛。有的是子女和父母不和，有的是子女間不和，最後苦了一家人，也苦了我們醫護。

　　巡房時，護士們經常會在病人牌板上貼一張我們俗稱「情書」的小紙條，通常都是有關病人的症狀、要求、覆診期等對醫生的提醒，其中一樣最常見到的就是：

　　「Family requests update」（家屬要求更新病人近況）

　　不少病房甚至為此要求而印製了專用的貼紙，一張張貼在牌板上，省下不少寫字的功夫和墨水。

　　在新冠疫情以前，家屬們一向都喜歡待在病房裏，金晴火眼地盯著護士站，準備隨時捕獲路經的醫生，好讓他們報告病人的病況。疫情期間不准探病，於是家人們也開始了打電話問情況，更會要求我們每天都要致電各位家人講述病人最新的進展。老實說，如果病人的情況有變，又或者有甚麼特別檢查要做、有甚麼事情需要跟進，醫護們都會主動跟家人聯絡。如果病人要出院的話，我們都會事先通知家人，絕對不會忽然出現在你門口按門鈴就說病人已經出院。

　　有時候，家屬自己緊張病人的情況，要求聯絡醫護，這也是人之常情。有時候，家人卻會每天都要求更新，甚至在病人剛剛入院踏進病房的一剎那便要求醫生解釋情況，這樣就未免有點勉強。除非病人的診斷明顯得我可以在十秒鐘之內找到答案，否則我可以更新的就只有「他剛剛入院」一句。當病人情況穩定下來，只是需要繼續餘下療程，每天致電病房也只會得到一句「繼續打藥中」。

　　如果嚴格一點，醫護其實不應該在電話上透露病人資料。在電話上，你可以說自己是梁朝偉，我們根本無從考究。而且，打電話這個方式太方便了，人數稍多的家庭，大哥上午打一次電話，細妹下午再打一次，之後再出現甚麼姨媽姑姐和閨密好友，非常複雜。以現在的科技水平，打電話問情況大概已經無可避免。我們通常會要求一整家人找一個代表作聯絡人，以免混亂，但時不時就會出現「大哥跟細妹無溝通」、「三姨很討厭大伯」之類的情況。最後，醫生、護士和社工便要在電話旁邊歡樂滿東華一樣不斷打電話，還要不斷重複同一段對白，講到自己悶暈自己也未講完。

　　剛剛今天巡房時才出現了一次這樣的事件。有位婆婆的緊急聯絡人一向都由她的孫女擔任，所以婆婆在過去住院的幾個星期都是由我跟她的孫女溝通。早上巡房的時候，護士忽然通知我，婆婆有一名女兒要求我匯報近況。打電話時，我著她以後有甚麼事情便要找孫女，她卻一句「我同佢無溝通㗎喎」便掛斷了電話。

更悲傷的事其實時有發生，萬幸未算太過常見。

就在我寫這一章的那天早上，我剛剛收來一個在家中跌倒撞到頭的伯伯。內科中，我們有一套被戲稱「腦退化套餐」、「跌倒套餐」的檢查，事關這些問題太過常見。遇到這些情況，首先要找出一些最主要會導致記憶退化、容易跌倒的問題。然後抽個血、做一個心電圖、照一個腦掃描，這些都是一些手板眼見功夫的套餐內容。檢查及格，伯伯便被轉送到復康醫院做運動。

當伯伯來到我的病房時剛好碰上吃飯時間，在我為伯伯檢查完之後，一位專門照顧這位伯伯的學護同學便拿起匙羹打算餵伯伯吃飯。

「我Ｘ你老Ｘ！你係唔Ｘ係想毒Ｘ死我！呢到邊Ｘ到嚟㗎！仆你個ＸＸ！」

「食飯呀叔叔……」

「我Ｘ你老ＸＸ啦！食乜Ｘ嘢飯呀ＸＸ！你做乜Ｘ嘢困我喺到呀！你班ＸＸ係咪禁錮呀，Ｘ你！我係唔Ｘ會食㗎呢啲嘢，容乜易畀你毒Ｘ死我呀！」

而伯伯在一輪粗口期間，還將一口飯餸噴到自己的床上和學護的身上，還差一點咬到學護的手。為免學護要改名洪七公，我只好叫她放棄餵餐。一轉身，原來病人的妹妹正站在我後面，目擊這一場混亂。

「他時不時也是這樣混亂的，醫生你別介意。」

太好了，我還以為醫院的飯餐難吃得令人發瘋。

既然伯伯仍在問候著醫護們的家人，我便將妹妹拉到一邊，讓妹妹將他們的情況娓娓道來。老伯的認知能力慢慢變差已經不是近期的事，兩兄妹都沒有嫁娶，又沒有小孩，有的只是一身長期病患。兩人分開居住，一個在港島，一個在新界，久不久伯伯便會到妹妹那兒暫住幾天，但伯伯的脾氣令到他倆不能長期同住。

「那麼你有沒有考慮過為伯伯找安老院？」

「鬼咩，邊有錢呀？」

「你倆有沒有積蓄，或者申請過甚麼援助之類呀？」

「無！」

「如果我們為伯伯申請綜援的話，起碼可以幫輕一點吧？」

「咁剩返個一萬幾千我都畀唔起啦，都話無錢咯醫生。」

「那你還想我們怎樣幫助你？」

「無呀！送佢出院囉！返屋企跌X死佢一了百了！」

在病房的另一端，也有另一個獨居伯伯，但他有兒有女。伯伯的認知能力也是愈來愈差，但每次子女勸他搬家、住院舍的時候都

是不歡而散，他的兒子只好在伯伯家中裝上平安鐘、錄像鏡頭便作罷。有一天，伯伯走在街上找不到回家的路，被人捉了入醫院，輾轉之間就來到我的病房。

伯伯做完「腦退化套餐」檢查後，發現他的腦內出現了一塊新鮮的硬腦膜下血腫（subdural haematoma, SDH），相信是因為這幾天伯伯曾經跌倒、撞到頭也沒有理會，碰巧被人拉了入院，又碰巧被我們發現到。

家人知道了之後都非常驚訝，始終伯伯不是第一次跌倒，卻是第一次腦出血。於是，他們都立即同意今次無論如何都要讓伯伯住進老人院。幸好伯伯這一次也沒有反對，最後成功出院。我在外展服務時還曾經遇上他，看得出他適應得相當不錯。

家人能幫醫生事

　　一般人見老人家的記憶和認知能力慢慢變差都不會有太大反應，知道這些都只不過是歲月不留人的徵兆。直至有一天，老人家忽然變得脾氣暴躁、大小便失禁、不記得家人、不記得熄火，家人才突然醒覺需要找醫生。

　　其中一個事例發生在剛過去的農曆新年。我的病房收來了一個伯伯，家人就是因為他最近的認知能力愈來愈差才將他送入醫院。有趣的是，最後觸發家人決定要將伯伯送院的事並不是因為認不到人、認不到路之類的常見原因，而是因為新年時發覺一向是雀聖的伯伯忽然不懂得打麻雀。

　　腦退化症（dementia），又稱認知障礙症、老人癡呆症或失智症。其實腦退化症只不過是一個統稱，裏面包含很多疾病，最著名的當然就是阿茲海默症（Alzheimer's disease）和帕金遜病（Parkinson's disease），而且中風也會導致日後的腦退化症狀。這個題材非常廣闊，也非常複雜，當中的每一個疾病都有點類似，但每一個的處理方式又有些微不同。究竟一開始變差的是運動能力抑或是認知能力？病人有經常出現幻覺嗎？會不會經常出現大小二便

失禁？有沒有發覺病人的手腳一移動的時候便會不由自主地搖？這些不同的情況統統都可指向不同的病症。

　　腦退化症是現今世上影響最為廣泛的疾病之一，但醫學界對它的認識依然未夠全面和深入。和家屬聊天的時候，他們經常問我怎樣可以逆轉腦退化症的症狀，令病人回復原狀，我便會打趣地說：「要是我能找出腦退化症的原因和治療方法，我大概會成為下屆諾貝爾獎的得主。」世界各地的科學家爭相研究出不同的檢驗方法，希望用血液化驗、電腦掃描等去加強我們的診斷能力，以及分辨不同腦退化症的種類，而最關鍵的一點就是首先要找出這個病的成因。由於現在用於分辨不同腦退化成因的檢驗和電腦掃描技術都相當新，亦即是相當昂貴，所以在公立醫院我們一般都非常依靠病人和家屬所提供的歷史去作出診斷和治療。

　　為了找出病因，在新症門診見到新病人的時候，又或者在老人科病房見到第一次因為腦退化症狀而入院的老人家，老人科醫生都會教我們好好拿一次詳細的病歷、做一次身體檢查。既然病人已經亂得在我們的病床上唱山歌，我們最佳的資料來源當然是家人。

　　香港的獨居長者問題嚴重，分開住的子女和家人大都不能夠提供仔細的描述，但即使有家人同住，病歷也未必詳盡。事情太久了，記憶也模糊，但這也不是問題，最令人憤怒的是見到一班愛理不理的家屬。

「我乜都唔知。」

「你哋唔係一齊住㗎咩？」

「咁又點？」

「咁你會唔會講到多一啲病人嘅情況畀我哋聽？」

「我要返工。佢唔係死你都唔好打電話畀我。」

就算再溫柔體貼的醫生也不能取代家人。要知道老人家老來無依，沒有收入，又沒有能力去理解自己的醫學問題，有一位家人負責跟進他的病情其實十分重要。

在覆診裏面，每一個病人最基本都需要拿取三份文件：覆診紙、覆診前用的抽血紙、藥單。覆診紙要收好，否則會忘記日期；抽血紙要自行拿去預約抽血時間，記得醫生説在覆診前多少個星期抽血，要不要空腹；藥單則要先去付費，再到藥房排隊領藥。有些時候，要在覆診前每隔幾個星期抽血，抽血紙也會有先後次序，病人就不能搞亂次序，逐張預約。又有些時候，有些藥物要血壓符合要求才服用、「去水丸」就在有需要時連鉀丸同用、有些消炎藥就要連同胃藥一齊服食，還有些藥物逢星期一三五用一個分量、星期二四六又是另一個分量⋯⋯不要説老人家，就算年輕人也很容易搞混。如果病人要找其他專科、找不同治療師、找社工等，便要拿著轉介信到適當的地方預約時間。各部門身處醫院不同位置，天南地北，因此才會出現病人在醫院的各大走廊拿著轉介信兜兜轉轉貌似迷路這個現象。專科門診的轉介信現代化一點點，有二維碼讓病人

用「蝦膏」交信，但在內科這個病人平均年齡起碼八十的部門內，經常便會得物無所用。

這些時候，一個家人的陪伴便非常重要。家人可以一起去見醫生，有特別的檢查、抽血、服藥方式又可以一起記下，要在醫院各個角落遊走也不怕走失，就連「蝦膏」也可以幫忙使用。老實説一句，有時見到我們那些七老八十的病人，帶來年紀更長的老伴一同覆診，拿著一大疊文件離開，我也經常會擔心究竟他們用藥、檢查是否真的可以緊跟指示。

腦退化症只是一個診斷，每名患者的症狀卻可以千變萬化。

就以一個「亂」字做例子。

最簡單的亂可以是純粹分不到時間、人物、地點。分不清早晨與晚上，分不清病房的護士和自己的子女，明明身處醫院卻説自己身在順德食河鮮。人的大腦十分神奇，當它發現記憶時間線中出現這些缺失，會主動嘗試將時間線修補，在事實之間加入虛構情節將故事串連起來。説謊是人們主動塑造事情，但這種大腦修補時間線卻並不是病人可以自己控制的，令到病人由衷相信自己的話。病人有的説自己是政要，又説自己是某某明星的情人，要是你能夠接受這種不由自主的「撒謊」，其實這種「亂」也相當可愛。有次我親身目擊有個伯伯就站在護士站的藥車旁，説自己以前也是醫生，要

來看看最新的藥物。護士一邊分發藥物，他一邊站在一旁觀察，不住點頭，久不久還會說幾句「這隻藥物是新出的吧」。不遠處坐著一位婆婆，氣定神閒地呷著茶，正是伯伯的老伴。我問她伯伯以前在哪兒當醫生，她大笑了三聲，然後說了一句：「你信鬼佢呀！佢揸的士㗎！」

升級一點的「亂」，可以是神志紊亂得脾氣比較暴躁，自己記不起的事情卻遷怒於人。他們可以忘記了十分鐘前的自己曾經同意過要吊鹽水，轉眼將靜脈導管「連根拔起」，血水四濺。更「可愛」的是當你走過去問他為甚麼要將鹽水豆拔掉，他會舉起仍然淌著血的手但一臉無辜地說：「鹽水豆？甚麼鹽水豆？」

就在幾個星期前我當值時，某病房有一個伯伯連續呻吟了好幾小時。雖然投訴的內容只有幾句，但他毫不厭倦地從晚上十點至凌晨兩三點不斷重複：「姑娘！我屁股很癢呀！無陰公呀！癢死了！癢了我好幾小時啦！姑娘呀，行個好心，幫個忙呀！一分鐘時間也不來幫我，癢了我好幾小時啦。」你以為護士真的沒有理會過他嗎？其實我們已經試過為他換尿片、給止痛藥安眠藥、塗藥膏，每一次大概只會止一兩分鐘的癢，然後他便會繼續重複他的對白。

又有一次我在老人科當外展隊的醫生，叫到名單上最後一個名字時卻見到病人忽然拔腿就跑。職員們嘗試勸他過來覆診，我卻聽到遠遠傳來一大堆粗口，還隱約聽到動粗的聲音。隔了一會兒，負責覆診的老人院職員跟我說病人大概覆不了診：「他一聽到覆診就會推說沒有錢，說自己不吃藥，現在活得好好的。有次還試過一聽到要覆診便跑出街頭不肯回來。」職員的語氣非常平靜，看來已經見慣見熟，不再大驚小怪了。

　　高級「亂」，滿口粗言是基本入門招數，場面絕對可以更為血腥、更為暴力。

　　我在當實習醫生時曾經遇上過一個又有血痰又亂的病人。他每次有不滿時都會嘗試向人吐口水，但吐出來的卻是一口口的血，吐得天花、床邊、地下都有血漬。我們嘗試為他戴上口罩，起碼可以保護一下病房環境，但他滿口的鮮血印在口罩上面，弄出了一個像小丑一般的詭異唇印，然後當然連口罩也被他甩掉。我們又再升級，想為他戴上那種一大塊膠片擋在面孔前的防護面罩，而他當然沒有理會繼續吐痰，最後面罩上佈滿了口水濃痰和血，配上床邊四周的血印和病人的咆哮，完美重現了血腥電影的爆頭場面。

　　其他高級亂的病人，還可以將床邊的一切拆毀，即使為他繫上安全手帶，他也可以用兩排牙齒將手套連手帶一併撕個粉碎。將鼻胃喉、尿喉完整一條拔出來已經算是稀鬆平常的事情，你有沒有見過有人亂起來將自己「洗肚」用的肚喉剪掉、拔出？我見過，我真的見過。

　　我們和家屬溝通，不時都遇上不相信我們的家人。他們覺得每次見到病人時明明都相當冷靜，只不過久不久記憶有點模糊，絕對沒有我們述說的如此恐怖誇張。要知道混亂的病人並不一定要全天候 24 小時一樣混亂，他只要有幾分鐘的情緒波動，便已經足以釀成血腥的場面。

　　為免出現這些畫面，一是用物理性方法，用安全手套、安全背心、手帶之類，相當直接，但病人被綁著四肢的畫面當然也並不理想，而且這些都是一些用蠻力可以破壞的方式，而我們永遠都不可以低估這些腦退化病人的力量。另一個方法則是化學性的，也就是用藥，可以是使其情緒穩定，又或者讓其入睡，但也有人不喜歡醫護用藥「弄暈」病人。

　　於是，有些家人會說不希望綁著病人，也不希望我們用藥令病人半昏半睡。問他那麼我們應該如何處理病人的行為，他們會說：「你就看著他看多幾眼吧，給點耐性多說幾句他就可以的了。」要是這個方法可以解決問題，同事們大概不會吃飽飯撐著沒事幹想跟公公婆婆們打自由搏擊吧？腦退化症的病人有機會認到家人，卻不會認得到醫護同事，我們「說多兩句」的力量可是會大打折扣的。

Chapter 9

0157

醫生，病人屙血呀！

走進女病房，已經見到有一堆護士圍著病床團團轉，旁邊還站著那個仍然向著我冷笑的護士長。護士們見我走進病房，都投來了怨恨的目光，彷彿在心裏控訴：你究竟要有多「黑」，剛剛才送了一個 CCU，然後又來一個「冧檔」的病人。

我假裝意會不到她們的不滿，直接便向我的同事走過去，說：「怎樣了，今次又發生甚麼事了？」

「53 歲女士，因為酗酒而肝硬化，過去已經試過很多次肝昏迷，亦做過很多次 OGD[44]。本來她在肝移植的輪候名單上，但近來被發現仍未戒酒而暫停了她的輪候資格。今次入院也是因為肝昏迷，本來這兩天清醒了一點，今天晚上卻忽然 GIB[45] 和冧 BP，所以我們才會又再見面啦！」

我對著同事反了一下白眼，便又要開始「打仗」了。

走到床邊，看著意識模糊的病人在床上就像我們平常賴床一樣翻來覆去，四肢凌空揮舞，發出呻吟的聲音，卻無法聽懂任何一粒字，就算我們如何拍打、「篤」她的手臂，也只有她的手臂會自然縮起，眼睛依然緊緊閉著。護士們拉低病人的褲子，打開病人的尿片，發覺裏面是滿滿的一包「瑪蓮娜」。

「E1V2M4[46]，有抽血、有 inotropes[47] 嗎？」我問道。

「無抽血。吊著 Phenyl 40 滴[48]。」

我馬上在電腦上繼續處方強心藥，並列印抽血所需的文件。我一邊抽血時，一邊問學生：「這個病人在發生甚麼事情？」

「脾、胃、食道的血液會經由靜脈收集再回流到心臟，過程中都要先經過肝。如果病人患有肝硬化，這些血流都會變差，將靜脈『谷脹』，就似平常人家小腿靜脈曲張一樣，也因此更容易破裂、流血。病人因為酗酒而患上肝硬化，之前已經試過幾次因為食道靜脈曲張流血而要緊急用胃鏡止血。當鮮血混和胃酸後，會變成一堆褐色像咖啡渣似的物體，嘔出來的話就叫 coffee ground vomiting。而如果血液經過腸道的吸收、消化，會變成黑色芝麻糊一樣的大便，也就是 melaena[49]。於是，如果病人上吐 coffee ground、下屙 melaena，兩種症狀都表示病人的腸胃出血。」

「非常好。」學生解釋完，我也剛好抽完了血，「我剛剛為病人抽了血，要驗血色素看一下有沒有急劇下跌，也要驗最新的凝血指數，馬上配血，準備為病人緊急輸血。」

44　Oesophagogastroduodenoscopy（OGD），即是一般人說的胃鏡。

45　Gastrointestinal bleeding（GIB），即腸胃出血。

46　格拉斯哥昏迷指數（Glasgow Coma Scale）有三部分，分別是眼睛閉合（Eye Opening）、語言能力（Verbal）、活動能力（Motor），所以便會出現 E 甚麼 V 甚麼 M 甚麼的評分。

47　Inotropes 即強心藥。

48　我們經常將「mL/hour」簡稱為「滴」。Phenyl 是 phenylephrine 的俗稱，可用於收縮血管而提升血壓。

49　也就是前文所說的「瑪蓮娜」，即黑便，由消化後的血和大便混合而成。

我將抽好的血貼上病人標籤，放進透明膠袋裏，放好在護士站叫人「扯紅旗」緊急送到化驗室。

「那麼我現在應該做甚麼？」

「找 ICU[50]，找 on-call GI 回來『爆鏡』。」

已經手拿電話聽筒的我，老懷安慰地點了點頭，然後便要繼續做「緊急接線生」，先找來 ICU 同事過來看病人，再致電今晚當值的腸胃科醫生，商量為病人緊急做胃鏡。如果要在非辦公時間做胃鏡，我們要召來專科醫生、當值的「鏡房」護士，「爆」開鏡房去拿器材，所以又叫「爆鏡」。經過一輪商討，我們決定要先將病人移送深切治療部，穩定她的情況。與此同時，腸胃科醫生要找當值的鏡房護士一起將器材帶到深切治療部，在嚴密監控下「爆鏡」。

就在我們一切準備就緒、要移送病人的時候，病人的血壓和心跳都忽然急跌，準備移動的病床也被一腳煞停。

ICU 的同事當機立斷，大聲一喊：「大 A[51]！」

病房的護士便馬上在緊急藥櫃裏拿出一支小小的褐色玻璃瓶，將尖尖的一邊打碎，再用針筒抽出裏面的藥液，遞給 ICU 醫生。

「現在時間，XXXX。」ICU 醫生邊打邊說。

50　Intensive Care Unit，深切治療部。
51　Adrenaline，在醫院中簡稱 A，即急救用藥。

　　我們日常的急救都是根據 Advanced Cardiovascular Life Support（高級心臟血管救命術，簡稱 ACLS）去處理，裏面清楚描述了我們應該要做幾多下心外壓、泵幾多口氣，也有說明每隔幾多分鐘便要打藥，所以我們每次在準備急救時，都要有人將用藥的時刻記錄在案。

　　大 A 打完之後，大家都屏息靜氣地望著病人的心臟監察機，每個人都準備好隨時要跳上床去做心外壓。量度著血壓的機器發出「噗滋噗滋」的氣泵聲，熒幕上有幾條一閃一閃的橫線，準備為我們揭盅病人最新的血壓。

　　「噗滋噗滋──噗滋噗滋──滋──」

　　「上壓 104、下壓 64、心跳 74，行！」

　　就在 ICU 醫生一聲令下，眾多護士便馬上開路，將鹽水架、心臟監察器統統放好在病人床上，一枝箭似的向病房門口飛奔。門口打開，病人的丈夫和兒子都已經在外當了十幾分鐘熱鍋上的螞蟻。我和學生目送著 ICU 同事們帶著病人全速跑向深切治療部，遙遙地看到腸胃科醫生就站在走廊的另一端，準備迎接病人，還向我這邊揮了揮手，打了個招呼。我沒有跟著跑，反而留了下來陪著病人家屬，因為從這刻開始，病人的性命便已經交付在 ICU 的醫護手上，就看他們能否成功為病人止血了。

　　我慢慢地將剛才發生的事情轉達給病人家屬聽，他們一邊聽一邊流淚，病人丈夫也一邊重複説：「我都説了別再喝酒……」我們慢慢走到深切治療部的門口，大家隔著大門的玻璃也看到腸胃科醫生已經穿好全副武裝，準備做胃鏡，我想深切治療部醫生已經為病人打好臨時血液導管了。我看一看手錶，才幾分鐘的事情，真的快得有點兒變態。

復康醫院

很多時候，治療是需要時間的。

就簡單以抗生素為例。普通的尿道感染可以取抗生素回家口服；普通的肺炎可能需要留院打一星期的抗生素；但如果是細菌入血引致的敗血病的話，抗生素療程便需要延長至兩星期；而如果是細菌入侵肺膜又或者心瓣的話，病人甚至要留院超過一個月去打抗生素。

又或者有些因為中風、手術或各種大病而臥床已久的病人，由於身體忘記了怎樣運動，而物理治療師和職業治療師又認為他們有機會復康的話，我們便需要找一個地方讓他們慢慢做運動 [52]。

急症醫院設備齊全、專科齊集，卻始終是戰地前線，兵荒馬亂，我斷不能讓一個病人霸佔一個床位好幾個星期吧？急症醫院裏的病人也需要復康，但在床位擠迫的內科病房就連走動的位置也是捉襟見肘，更別說讓病人運動的空間。

當病人需要一個安靜的地方去休養、做運動、完成療程的時候，復康醫院便大派用場。

52　《醫囑背後》第七章〈甚麼專科〉。

復康醫院，英文名叫 convalescent hospital，也是我們口中的「c bed」。雖然我們籠統地將所有非龍頭醫院稱為復康醫院，但其實它們不少都有自己專職的地方。

座落於黃竹坑的葛量洪醫院毗鄰海洋公園，建成初時為一間心胸肺科的專科醫院，後來醫院才慢慢加入其他專科。去到今天，葛量洪醫院設有胸肺及肺癆科、心臟科、老人科、眼科和紓緩科，亦設有加護病房、隔離病房、眼科和心臟科的手術室，而且是全港唯一負責心臟和肺部移植的醫院。

在上環海味街附近也藏著一所東華醫院。東華醫院除了普通內科病房，還有外科病房，不少港島西的手術服務都已經移師至東華醫院進行。而且，東華醫院有著名的復康科和腎科，不少該聯網的中風病人、洗腎病人都交由該院負責。另外，東華醫院也設有簡單的內窺鏡和超聲波服務，讓有需要的病人不用山長水遠地去瑪麗醫院做檢查，亦可以縮短區內檢查的輪候時間。

馮堯敬醫院、根德公爵夫人兒童醫院、麥理浩復康院三間醫院在大口環圍成一圈，有著無敵大海景，但對於要到那兒上課的醫學生來說卻是一個夢魘，因為只能乘搭那一千零一條小巴路線到大口環。雖然地點比較偏僻，但對病人來說是一個休養的好地方。馮堯敬醫院專門照顧老人科和骨科的病人；根德公爵夫人兒童醫院則是世界著名的兒童外科、兒科和骨科根據地，有不少手術都在這兒處理；麥理浩復康院則負責一切需要復康的病人。

　　以上幾所就是小島學堂所在的港島西聯網會提供住院服務的醫院。雖然我們偷懶將它們都叫做「c bed」，但其實每一所醫院也有它的特色，各司其職。

　　記得我們以前也提過，在急症病房工作時，每一個床位大概兩三天便要轉一位病人，要不就出院，要不就要找另一個床位讓病人落腳。轉地方的話，仍然需要緊急服務的病人可能需要轉往專科病房，但如果病人只需要繼續觀察、療養的話，便可以轉往適合的復康醫院。

　　當醫生和護士向病人或家屬提起需要轉院時，第一次接觸的人不少都充滿著疑惑。他們可能覺得轉院代表我們放棄治療，代表沒有任何服務，代表醫生也見不了。相反，我們為每一個病人選擇該轉去甚麼地方的時候，首先都要確保病人情況穩定，並且覺得那個地方提供的服務更切合病人所需。

　　在復康醫院，醫生依然會定期巡房和每天當值，護士依然會24 小時全天候照顧病人的需要。如果萬一病人情況有變，醫生和護士便需要決定他的情況是不是復康醫院能夠處理的。

　　一般來說，這些醫院雖然沒有全天候藥房服務，但依然有緊急藥物存貨，一般的強心藥、抗生素、類固醇等應急藥物一應俱全。如果病人的情況變得更差，我們亦可以召來救護車將病人緊急送回急症醫院再作處理。

復康工作

那麼，究竟醫生到復康醫院上班有甚麼要做的呢？

復康醫院不像急症醫院一樣需要隨時收症，每一個醫生雖然可能需要負責更多病人，卻有更充裕的時間去熟悉他們每一位。有病人留醫是為了完成抗生素療程，有些是為了做復康運動，有些則是因為家人照顧不了而留在病房，當醫生充分了解每一個病人的需要後，就要決定適合病人的治療方向。

記得之前我們提過不同的專職醫療人員（allied health professional）嗎？當大家得到清晰的治療方向後，醫生便會向相應的專職同事作出轉介。

如果說一個中風病人需要復康治療，我們可以交由物理治療（physiotherapy, PT）和職業治療（occupational therapy, OT）的同事嘗試通過各種運動去盡量令病人回復活動和日常生活能力。要是口齒不清、吞嚥有問題的話，我們也可以轉介給言語治療（speech therapy, ST）的同事去做一些咬字相關和吞嚥的練習，甚至可以使用輕微的電擊去訓練病人頭頸部分的肌肉。當然，復康治療不是萬能，如果病人的自理能力不能恢復，我們依然能夠讓PT和OT的同事去教導病人家中的照顧者如何幫助病人應付日常生活，也可以為家中如何安裝輔助設備等方面提供建議，亦能請醫務社工（medical social worker, MSW）為病人安排一些合適的社區服務和支援。

內科另一個常見的例子是腦退化症的病人。

要診斷病人是否患有腦退化症不能只靠「有無熄煤氣」、「認唔認得仔女」之類的簡單問題。這個時候，我們便需要請 OT 為病人「考試」，當中最著名的便是簡稱 MoCA（音同 mocha）的蒙特利爾認知評估（Montreal cognitive assessment）。行內人經常説笑叫大家記住「絲絨」、「雛菊」、「教堂」幾個字，這些正是考驗病人短暫記憶力的 MoCA 題目之一。當 PT、OT、ST 同事做好了評估，我們便知道究竟病人各方面需要甚麼程度的照顧。要是家中真的照顧不了病人，我們便能夠將這些結果交給 MSW，跟病人和家人安排院舍服務和經濟援助。

很多人以為尋找院舍非常困難，其實並不一定。要是你選擇了一間院舍，從支付訂金到入住院舍可以是一兩天的事情，拖得最久的反而是選擇的過程。就似你去旅行選擇酒店一樣，這間太貴，那一間又太簡陋，還想找一間交通方便的，看來看去分分鐘可以搞個幾兩個星期。選好了的話，付錢，再確認，其實也只不過是十分鐘的事。

當一個病人需要那麼多不同部門的照顧，醫生和護士其實也不過是一個仲介的角色，幫病人找來不同專家在病房發揮所長。病人和家屬都很喜歡找醫生，要求醫生更新一下病人的狀況。有時，連剛剛入院的病人也要求問情況，但其實很多時候真的沒有甚麼更

新，更新不就是病人剛剛走進來坐下了嗎？要打抗生素的就是繼續打抗生素，要做運動的就是繼續做運動，真的想知道病人運動時的各樣細節，治療師和護士們反而更加清楚。如果臨床上、醫療上有任何改變，醫生通常也會主動致電病人家屬。

有時病人和家屬的問題都不是在我的範疇內，我想找真正專業的來解答，他們卻堅持要見醫生，就連出院要約 NEATS[53]、約幾點車、車牌幾號都一定要醫生回答，我也只可以苦笑。

在病人留院期間，各大部門大部分時間都是各司其職去處理每個病人的情況，唯一例外便是每星期都會有一天的「顧問醫生大巡房」（grand round），有些地方又會叫這個場合為「個案會議」（case conference），總而言之就是齊集各部門醫生、護士、治療師開大會的一天。

每次大巡房，我們都會走遍各個床位，先由主診醫生簡介病人的病歷和進度，然後再由各護士和治療師匯報病人在他們各部門的表現，顧問醫生則會在過程中提問一下，也可能會教導一下我們這些小醫生，最重要的就是讓大家都知道病人還有沒有需要留院，以及繼續留院有甚麼事情需要做等。其實大巡房在急症醫院也有，只

53　非緊急救護車運送服務（non-emergency ambulance transfer service，簡稱 NEATS），詳見《醫囑背後》第二章〈老人專科〉。

不過重點會偏重於藥物治療及其他專科的會診等事情，而非其他復康和社會問題。

　　當初剛從實習醫生升任為駐院醫生的時候，我就連巡房也不懂如何巡。開工後幾個星期，成事不足，敗事有餘，病人醫不了幾個，撞板卻是家常便飯。幸好，當年遇上了一個堪比男神的高級醫生。他沒有轉彎抹角，直接指出了我的不足，但又會慢慢教導我怎樣去進步。現在我的醫術依然不太高明，但當年他的教導直到今天我也依然記在心中。前輩教導，醫生在門診看症、在病房巡房，最緊要為病人找到治療方向。如果連方向也沒有，自己上班渾渾噩噩，病人和家屬也會被你搞得渾渾噩噩。而每一星期一次的大巡房，正正就是部門裏的主管醫生們去肯定每個病人也有適當的計劃和方案的機會，於我們小薯醫生們也是一個良好的學習機會。

0302

醫生，病人唔食藥呀！

在 ICU 裏面交接過後，我便拉著學生回到男病房。

剛走進病房，護士長跟我說：「飯菜又涼了，我拿去翻熱一下。剛收來一個中年男病人，自己停了血壓藥好幾個月，現在說頭暈入院。血壓現在還好。」

學生跟我望著那新的急症室收症紙，相視苦笑。抬頭看一看那個剛剛走進來的病人，一臉精神，正正就是剛才我們在 stroke call 時在急症室看《中年好聲音》的大叔，旁邊的血壓機上面顯示著一個不算太差的指數。

正當學生走去床邊收症時，我拉一拉他的手臂。

「這個症，遲收 15 分鐘也可以。先吃飯吧。」

「好！」

結語

　　就似叫「娘子出嚟睇耶穌」一樣，臨床醫學其實也是講求經驗的累積。教科書沒可能列出世界上每一個病人會出現的不適，讀書再勤力也不能夠處理工作上所有的問題。

　　記得我實習時第一次當值，遇上了一個心律不正、心跳過快的病人。教科書上教過要先抽血，治療也可以有很多不同種類的藥物選擇，最後選擇太多、腦袋太小，我不懂得處理，所以依然要請示當值醫生。後來發現，原來這種心跳過快的問題每天在每一個病房也可以發生好幾次，完全是手板眼見功夫，難得那位醫生沒有用粗口問候我娘親。

　　入院病人在驗血時經常被發現電解質又高又低，沒幾個數字正常。要是揭開教科書，足足可以有兩三個章節專門講電解質高低的原因和處理方法。面對每天海量的血液報告，要是每一個數字也要逐一仔細處理的話，海枯石爛之時你也絕無可能處理得完。臨床經驗會教你緩急輕重，哪些數字需要立刻處理，哪些數字可以容後慢慢跟進，年資會帶來答案。

　　當了幾年醫生，我懂的事多了，但也認清了自己不懂的仍然有很多。醫書可以教的只有醫學知識，卻教不了如何實踐，更教不了非醫學的問題。

我們能學會中風處理的方法，卻學不了該如何嘗試辨認一個不能溝通的病人的身份。

　　我曾經被召去看一張肺片，肺片本身沒有甚麼問題，卻忽然出現了一個「三星連珠」一樣的物件，三顆圓形一串地卡在病人的喉嚨。護士翻查紀錄，又問過病人家屬，都沒有提過病人有甚麼假牙；病人毫無意識，理論上也不能自己吃掉甚麼異物。後來召來耳鼻喉科醫生幫忙一看，才發覺應該是幾十年前鑲的幾顆假牙，年代久遠得連子女也不知道。

　　又有一次，我也是被召去看肺片。肺片本身也是沒有甚麼問題，但就在胸口正中有一塊三吋見方的異物。那件物件不似是在氣管裏面，在舊片上亦從來沒有出現過。心有疑惑的我走過去為病人搜身，才發覺原來是他躺在一塊佛牌之上，怪不得隱約見到那個陰影上有人向著我微笑，非常詭異。

　　再有一次，當值時收來一個企圖服藥自殺的少女，家人帶來她所用的藥物，卻發現是日本貨，裏裏外外連半隻漢字和英文字也沒有。不知道是甚麼藥物，便不知道有沒有解藥。我只好半夜三更打電話叫醒我一個懂日文的同學，要她為我翻譯。

　　最經典的一次是有個婆婆說自己胸口痛，我叫她詳細描述，她卻說自己的乳房忽然很重，拉著自己的胸口所以很痛。我也不知道婆婆是否半夜忽然想炫耀一下身材，更不知道我是不是剛剛被人性騷擾了。

　　性騷擾與否，起碼這些也算是身體上的毛病，也算是醫學。人

家說醫生的經驗是累積得來，所說的經驗可並不一定與醫學相關。

有的病人會半夜說自己被落降頭、說自己抽筋要姑娘按摩、說背脊痕癢要求我們處方「不求人」，當值期間病人們的創作力量和幻想往往超出醫書所教，真的每一次都可以嚇我一跳。

───────────

凌晨兩點好夢正酣，卻被醫生和護士問及一些無關痛癢的問題的時候，心裏總會有點不耐煩。半夜三更動了氣，心跳加速，要回到夢鄉便非常困難。

我寫出來也是要提醒自己，幾年前的我是如此無聊、如此低能，就連開個補充劑也可以錯漏百出。當年在當實習醫生時，大家談八卦，總會說某幾個醫生是男神女神，答問題時總是循循善誘；又有某幾個醫生是如何的討厭，被問問題時總是惡言相向。我不求能成為男神女神，但求不會成為當年自己口中的魔鬼。

───────────

本書內的種種事情雖然都是改編虛構而來，發生的醫療問題卻都是確切會發生的，但又當然並不是每一件事也會在每一天晚上發生。醫生和護士之間經常戲稱某些同事較「黑」、某些同事較「白」，說的不是膚色，而是他們的運氣。

要是你當值的時候，以上的急事不斷發生，你大概就是較黑了。我工作的醫院裏有兩個高級醫生是出了名的黑。相傳在許多年前的一次公眾假期，本應沒有太多人會入醫院，當時還是初級醫生的兩人一起當值卻每人各收超過四打病人，紀錄到現在為止無人能破。

　　要白的同事也可以很白，白得收來的都是無甚要事的症，白得每次當值都可以有幾個小時的睡眠，作息比平常在家的日子還要健康，羨煞旁人。豈有此理。

　　即使不論黑白，同事在當夜更的時候依然都會比較迷信。

　　以我自己為例，在當值期間要是有人問起我當天工作量如何，我是無論如何也不會答的，以免「病人小器」忽然瘋狂入院。這也就是同事之間常說的「邪念」。一直到第二天九點正，我才會一併回覆：「無事！」

　　一有「邪念」，後果可以很嚴重的。

　　我有一個同事聲稱，在當值相對空閒時便會偷時間敷個面膜，但每次一敷上面膜，緊急電話便會響起，屢試屢驗。又有一個同事，他每次想偷時間去洗個澡的時候，都會被人召去急救，萬試萬靈。

　　見過太多這些「邪念」的故事，所以每次人家問我對韓國醫療劇《機智醫生生活》有甚麼看法時，我都有相同答案：

「醫生和護士絕對沒有劇中那麼多型男索女，醫院也絕對不會
如此美輪美奐，但每次在當值時想偷時間食杯麵時，電話絕對會在
杯麵剛煮好的一刻響起，比計時器更準確。」

聲明

所有病人資料、病史、當值情況都是我坐在書桌前虛構出來的，而內文的所有例子全都經過修飾，所以如有雷同，真的實屬巧合。

醫學這一科目日新月異可不是虛銜，從我開始寫這本書時到完成之際，書中的資訊已經有數處需要更新。因此，雖然已經不斷反覆查核，內容依然難免有錯漏。在撰寫病人故事時，我也特意將大部分檢查結果、處理方式和醫囑簡化，令市民大眾更容易明白本書的內容，所以對行內人來說可能會有很多錯漏。亦因如此，請千萬不要以此書內容取代醫療意見。

此書並非教科書，內容結合個人觀察和同事分享，有可能未能反映現實全面的情況，宜參考，忌作準。

如有疑問，請向醫生查詢。

當值背後

一個公院內科醫生與
Night Food離離合合的故事

作者	Dr. Who
總編輯	葉海旋
編輯	李小媚
助理編輯	鄧芷晴
書籍設計	Tsuiyip@TakeEverythingEasy Design Studio

出版	花千樹出版有限公司
地址	九龍深水埗元州街 290-296 號 1104 室
電郵	info@arcadiapress.com.hk
網址	www.arcadiapress.com.hk

印刷	美雅印刷製本有限公司
初版	2024 年 7 月
ISBN	978-988-8789-30-6